筑《ちっ》後《こ》女《おんな》がゆく

町野 玉江

筑後女《ちっこおんな》がゆく

目次

序章

時は三月、見慣れている土手の風景もどこか違って見える季節。いくつかの屋形船と小さなボートが浮かんでいる。橋を渡り、いつもの景色が見え始めたあたりから、車中では毎度同じ会話が繰り返される。

「この辺りにあったはず」だの「ここは誰それさんの家」だの「まだ生きとらっしゃるやろか（生きているだろうか）」だの、八十を過ぎた安子《やすこ》は、次から次へとよくしゃべる。それを聞かされている娘にしてみれば、毎回同じ会話になってくるので、だんだん返事も粗くなる。それがきっかけとなり、いつも口ゲンカになるのだ。

目の前に流れる筑後川。向こう岸にある景色が、ものすごく遠く感じる時があったものだとしみじみと言う安子に、口の達者な安子に負けじと娘も平気で、

「じゃあ、もうすぐ近くなるよ。あっ、あそこに渡り損ねた三途の川が見えてきた。嫌がって誰もお迎えに来んね」

そう不吉な事を並べ返してみても、

「うちは根性悪かけん、お迎え来たっちゃ、ケンカするけんね。誰も来んよ」

安子は、力強く言い返して笑う。

ケンカは日常茶飯事で、どちらかが口をきいたと思うとまたケンカになり埒があかない。


いつの時代も人生は、穏やかに流れる川を渡りたいと思うも、そう都合よくはいかない。けれど、荒れた恐ろしい川でも、安子は川に文句を言いながら渡ってゆく。

この頃、顔のシワが一層深くなった安子は、鏡を見ながら、

「あー恐ろしか。うちなんで、こげん（こんなに）年とったっちゃろうか。体もだんだんいうこときかんで、固か折り畳み椅子のごとなりましたばい」

年に何度か分かりきっていることをぼやき、

「よかよか、もう年たい」

と自分で励まし笑い出し、立ち直るのが早い。

もうめんどくさいと化粧をすることをあきらめ、身だしなみだけを整える。元来いい加

減で気分屋の性格をしているが、仕事に関しては昔から一生懸命。何よりも人が大好きなのだ。経営している店は、歳を重ねるたびに安子のペースで営業するようになった。

そんな安子は、いつからか昔を懐かしみ、若いころに知り合った人たちのことや弱かった自分、強かった自分のこと、そして昔の家族の思い出話を時に一人舞台のように、芝居がかった調子で何役もこなしながら大げさに、おもしろおかしく娘の前で語るようになっていた。

第一章　口だけガキ大将

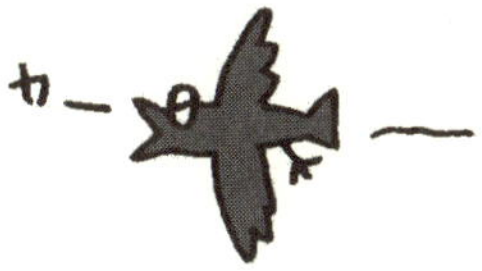

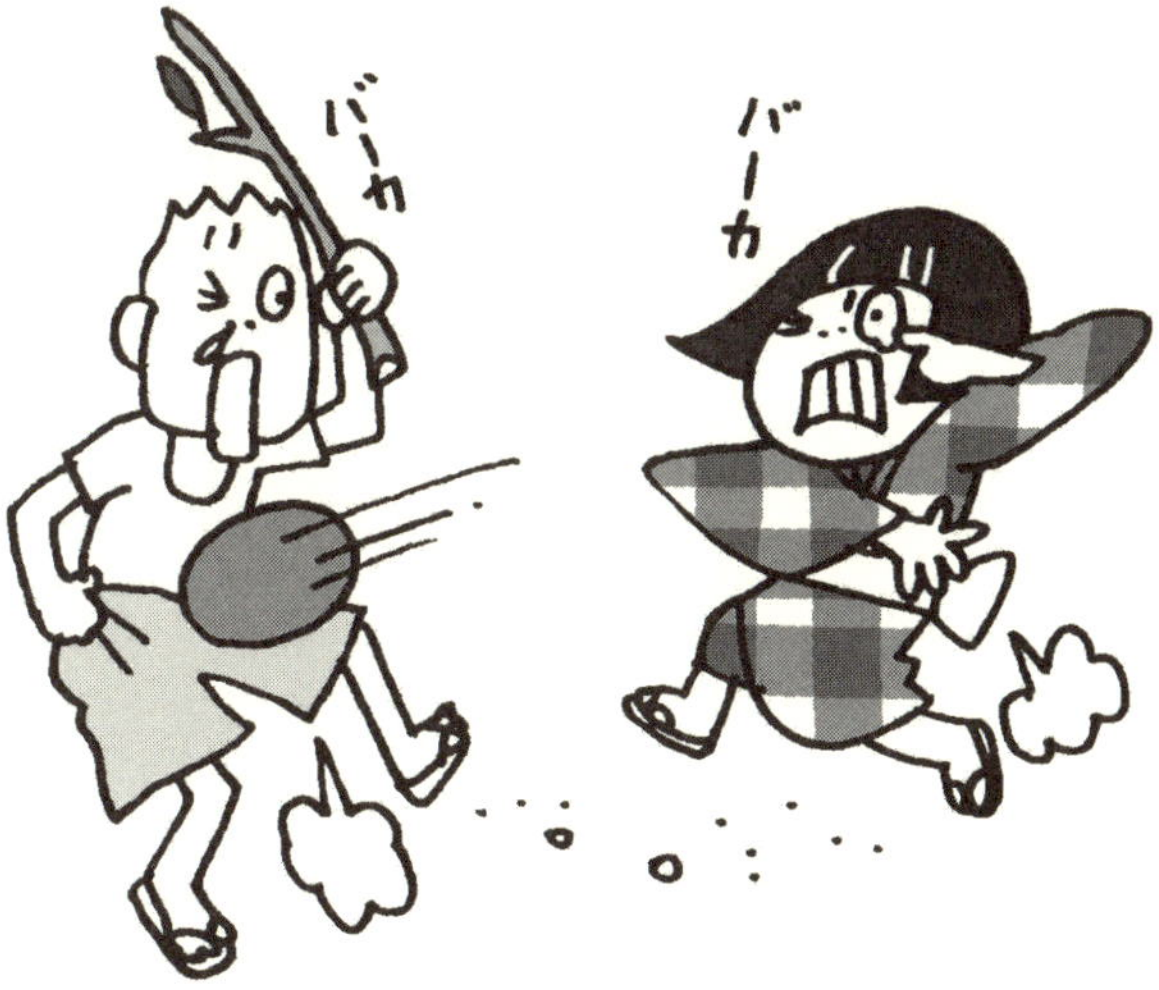

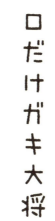

福岡県は筑後地方、耳納《みのう》連山に囲まれた筑後川（地元の人は、〝ちっこがわ〟と言う）の近く、昔宿場町として栄えたその町の役場の向かいに、料亭を改築した家がある。隣はタオル工場。昼は機械の音が、夜は川のせせらぎが聞こえるこの家で、この物語の中心となる、サイテー且つサイコーの人物は、予定日よりも二ヵ月早く生まれた。

昭和十年一月、寒々とした夜のことだった。

産声も弱く、取り上げた医者からは、

「こん子は、名はつけんほうがよかばい」

と言われた。

子の父親、寛次《かんじ》は小さく生まれたその子を真綿で何重にもくるんで温め、意地になって看病した。母親のラクヲはただ黙って乳を与え、祈るほかないようだった。

寛次は五人兄弟の長男で、婿養子だった寛次の父親円吉《えんきち》は寛治が少年から青年に変わるぐらいの頃、寛次の幼い弟を博多の病院に連れていった際、セキリにかかり病院の中で急死した。三十九歳であった。

寛次たちは父親の遺体を棺に入れてもらい、それを病院で譲ってもらった使い古しの大きな敷布で隠し、荷車に載せた。

慣れない山道を長い時間かけ、険しい表情と弱弱しい腕力で荷車をひき、途中見るにみかねた通りすがりの大人に手助けされながら、やっと船着き場まで運んだ。

「この中には、大きな魚が入っている」

と言って、橋のない筑後川を渡ろうとした。

ちょうど七月の雨が激しく、今日は渡れないと断れたが、寛次は船頭に自分が持っていたものと円吉の着物に入っていた有り金全部を渡し、

「魚が腐るけん、はよ急いで！」

そうして、寛次は弟の小さい手をひきながら魚になった円吉と帰ってきた。

亡き父のあとを継いで寛次はタオル屋になり、三十を過ぎてラクヲと結婚。二人の間には今回生まれた子の上にもう一人、四つになる女の子がいる。隣の家には寛次の弟と母親のミトが住んでいた。

生まれた子は「三日生きた」「四日生きた」と言ううちに、ようやく名前がついた。安心できる子になるようにと「安子」と命名された。

身体が小さく病弱な安子は、口やかましく神経質で偏屈者の寛次に甘やかされて育てられ、小さな体に似合わず、気が強くわがままで口の達者な子に育っていった。

「父ちゃま、母ちゃま、行ってきます」

五歳になると、「姉ちゃま」節子《せっこ》と一緒に、安子はふくます屋という料亭の二階に、日本舞踊を習いに行くようになった。踊りの先生は、男なのに女言葉で叱るような人で、それが安子には恐ろしく、踊りの稽古の時だけはわがままを言うことなく素直にしていた。

昭和十六年、戦争が始まる頃。この田舎町にも少なからず影響がでだしていた。それまで節子や安子の子守に来ていた者も自分の郷に帰っていったため、ラクヲは家事に子育て、姑の世話にと、とにかく忙しくなった。

ラクヲは、大分県日田地方にあった元庄屋の二番目の娘で、包丁も持ったことのないお嬢さん育ち。それがどうして寛次の元に嫁に来たのか――。

ラクヲの父親が事業に失敗、裕福だった家の内情も危うくなり、そんな頃に湧いた寛次との縁談だったのだ。話がまとまり嫁に行けたのはよかったが、隣に住んでいた姑のミトは目が不自由で寛次同様気難しく、三味線と晩酌がないと機嫌が悪い。ミトは夫を亡くしてから再婚はしなかったので、ラクヲは結婚して舅の世話は省けたが、いつの間にか住み着いた初老の男、峰次郎《みねじろう》が舅代わりとなった。

幼い安子はラクヲの気苦労など知るよしもなく、その峰次郎を「じいちゃま」と呼んでなつき、峰次郎が笑顔で着物の袖から取り出すおみやげを楽しみにするようになった。

空襲警報が鳴ると、ミトの手をひっぱり家の庭に作った防空壕に避難させるのは、安子の役目だった。

「ばあちゃま、ばあちゃま早く」

安子があせって言うと、気難しいミトは、

「なんごつ（どうして）隠れないかんか」

と怒り出す始末。イライラした安子は、

「早うせな（早くしないと）、死んでしまうばい」

隠れる隠れないでケンカになり、安子は、

「勝手にせんね、このくそばばぁ！」

ミトはミトで、

「恐ろしか！　こん子は、ろくな者になりゃせん」

と言い返し、そこで
「いいかげんにせんね！」

寛次が怒鳴ってなんとかおさまる。

空襲警報が鳴るたび、その繰り返しだ。

ミトはミトで、防空頭巾を被るのも、もんぺを履くのも極端に嫌がりラクヲを困らせた。

「ばあちゃまのは、なるだけ肌触りのよかとで、ここさえ（作り）ましたけん。色も紫が入って綺麗かとですよ。ばあちゃまによう、うつる（似合う）色ですよ」

ラクヲがそう言って、何とかおだててミトに触らせ、着替えさせる。

「ほうら、よう、うつっとう、ね、節子。ね、安子」

似合っていると言えと、口と首で合図をするラクヲに、節子は、

「ばあちゃま、よう似おとうよ。もんぺやと動きやすかよ」

ラクヲを手伝うように言う節子に対し、

「ばあちゃま、どうせ誰も見よらんって」

よけいな事を言う、安子だった。

安子は節子とも、着物や洋服のことでしょっちゅうケンカした。

着物をもんぺに仕立てる作業をしているラクヲの横で、

「丸い襟がよかぁ。三角ひしもちの襟いやぁ」

安子が駄々をこねれば、節子が、

「あんたは、おさがりでいいったい！」

それからケンカになる。

ある日安子は、そのもんぺしか許されない世相の中、誰かの赤い腰巻を「スカート」と自慢しながら表を歩き、寛次とラクヲにものすごく叱られた。

「安子はろくなことしやせん！」

この頃からよくこの言葉を言われるようになる。

安子のいたずら好きも困ったものだった。

ある夏の日の穏やかな昼下がり。ラクヲは家事の途中で暑さに疲れたのか、二階で昼寝をしていた。アッパッパ（浴衣のような部屋着）一枚で、うちわを片手に持ったまま。開けっ放しにした窓から、時折涼しい風が入ってくる。

安子はラクヲの寝顔をそっと覗き込んでから、足音を立てずに部屋を出ていった。そして、昼寝を続けるラクヲの傍に再び戻ると、ラクヲのアッパッパの裾をはぐり、ズロースの中に、先ほど取りに行った普段「大事に使わなければいけない」と言われている「ちり紙」を何個も丸めて入れ、ズロースを元に戻した。

そんなことには気づかず、一向に目を覚まさないラクヲの尻を、安子は笑いをこらえて観察している。

「母ちゃまのオナラで、ちり紙が飛んでいったらおもしろい」

これが安子の狙いだった。

寝返りをうとうとしたラクヲに気づかれた。

ラクヲはびくっと起き上がると、尻に手をやった。

「こらっ、安子やろ」

安子は笑いながら、

「母ちゃまの尻に何かおるとよ。だって、勝手に音が鳴って、勝手に動きようよ」

「あんたはろくな知恵は使わんで、もう」

ラクヲも大笑いだった。


あいかわらず、家の中では節子と安子のケンカが絶えない。些細なことから言い争い、髪の毛を引っ張り合い、安子のほうが先に大袈裟に泣き出す。

「姉ちゃまが叩く！」

ラクヲが忙しい時は、寛次から二人とも叱りとばされた。

とにかく寛次の存在は二人にとって偉大だ。寛次は体が大きいわけではない。どちらかといえばひょろっとしていて、病弱な体質と神経質な体質の着物の模様があるのなら一番似合うだろう。だが、近所の人たちは「町に三人、名前に『カン』のつくやかまし者がいる」と言い、寛次はそのうちの一人に数えられていた。

寛次は徴兵検査の時に、痔の病気と発症していない結核があったため戦争に行かなかった。これがきっかけだったのか余生を考えたのか、ラクヲとの間に跡継ぎとなる男の子ができず、弟には男の子ができたためタオル屋の経営を譲り、あびるほど飲んでいた酒も控えはじめ規則正しい生活を送るようになった。

寛次がたまの飲事で家にいない夜はラクヲも羽を伸ばせたが、普段は食事も時間どおりのきちっとした生活。節子も安子もケンカしたい放題、ラクヲも一人自由な酒を飲みたい放題とはいかず、そのうえ家に長く居ることになった寛次の機嫌が悪い時には当たられる。ちゃぶ台や御膳をひっくり返すのは当たり前。

安子はそろそろ寛次が怒り出す頃だと察すると、事前に茶碗とおかずを緊急避難させて隠すコツを覚えた。寛次の怒りが鎮まるまで夕飯はおあずけだ。節子と安子にとって、寛次は小学校の兵隊先生より恐ろしい存在だった。

しかし、この寛次の存在が、安子の奔放な性格に拍車をかける結果となる。

国民学校（小学校）にあがる時、同年代の標準より体の小さい安子は登校途中、ラクヲの後ろから離れず、「学校に行きたくない」「勉強したくない」「うち、友達やら、おらんでいいもん」と、駄々をこねてばかりいた。

メソメソする安子にラクヲは、

「あんた、家じゃあ、へりくつばっか言うて、すぐ腹かいて（腹立てて）、根性の悪かとに、弱虫やね」

と言い、安子の目線に合わせようと腰を下して説教を続けた。

「安子、根性の悪かって言っても、意地の悪かこつが根性の悪かじゃなかよ。あんたは芯が強いったい」

安子の背中をポンポンと優しく叩き、

「よかほうの意味の根性悪かにならな。筑後《ちっこ》おなごは根性悪いって言うとぞ。母ちゃまはこの川下って嫁に来て筑後おなごになったたい。安子は大丈夫､元から筑後おなごやけん」

そう言いながらラクヲは立ち上がり、安子の手をひいて学校に向かった。

ところが、父親が「三カンの一人」であることが知られると、そのことを利用してガキ大将のような存在になっていく。

気に入らない先生や、安子のことを悪く言う子がいたら、安子は「父ちゃまに言うけん」と反攻する。そして言葉どおり寛次に告げ口をする。すると寛次も寛次で、子供同士のケンカにしろ相手が先生にしろ、構わず怒鳴り込んでいく。寛次が学校にやってくると職員室は凍りつくようだった。

その日は、姉妹久しぶりの再会のため、ラクヲは安子を連れて久大線《きゅうだい》の駅に向かった。日田からラクヲの妹すみ子が息子のヒデオを連れ、煤《すす》けた顔で列車から降りてきた。すみ子はリュックサックを背負い、畑で採れた野菜や穀物の入った荷物袋を両手いっぱいに持っている。すみ子に隠れるよう後ろから、坊主頭のヒデオが顔を出した。

いとこになる安子より二つ歳が上のヒデオ。ヒデオもまた安子とよく似て、体は小さいがいたずら好きで口が達者だ。それに加えちょうど反抗期で、ひねくれた態度がますますひどくなると、会った早々すみ子が愚痴を漏らす。すみ子もラクヲ同様ヒデオの父親とは見合いで縁づいたが、ヒデオの父親は寺の跡継ぎで重圧に苦しんでいたらしく、ヒデオが物心つかぬうちに突然失踪してしまった。

その後すみ子はまた見合いで縁づき再婚。夫になった相手は会社勤めで、夫の転勤に合わせしばらくは日田を離れていたが、ひと月前、夫の実家もある日田に戻ることができたのだ。夫はヒデオをとても可愛がっているが、ヒデオは心を開こうとはしないままだ。

二人を連れて家に戻ると、ラクヲとすみ子の話は尽きず、その隙にドタバタと鬼ごっこや隠れんぼと何やら遊びだす安子とヒデオ。

そのうち、ラクヲとすみ子は昼寝をしようと、モンペからアッパッパに着替え二階で横になりながら話しだし、どちらともない返事のような寝息が部屋から聞こえだしてきた。

「なぁ、安子、本当に尻が動くとか？」

「本当って、ポコポコ動くけん」

安子とヒデオは箪笥《たんす》と長持の陰からこそこそ話をして、そうっと足音を立てずに、ラクヲとすみ子に近づく。

二人とも寝息を立てている。安子とヒデオは両手に、丸めたちり紙を何個も持っている。安子はこの前と同じようにラクヲのアッパッパの裾をはぐり、ズロースの中に素早く丸めたちり紙を入れた。横で見ていたヒデオも安子の手順を真似して、すみ子のアッパッパの裾をはぐりズロースの中に丸めたちり紙を入れだした。一つ、二つと入れている途中で、すみ子が目を開けた。

安子とヒデオは急いでその場から離れ、

「もう、ヒデちゃんが早くせんけん（早くしないから）」

安子が小声で、ヒデオに文句を言い出した。

「姉さん、なに、これ」

尻に手をやり、起き上がるすみ子に、目を覚ましたラクヲは笑い出した。

「また、安子やろ、ヒデオにいらんこと教えて。そう都合ようオナラは出らんとよ」

ラクヲの説教にすみ子は大笑いし、隠れてこっそり笑っていた安子とヒデオもケラケラと笑いだした。

夕方、戻らなければと昼寝で乱れた髪を整え、二階で帰り支度をするすみ子にラクヲは手土産を持たせようと、下に降りていった。

ちょうど出掛け先から寛次も、学校から節子も、家に戻ってきた。

安子とヒデオは玄関先で、じゃれあうように遊びながら、仕度をすませるすみ子を待っている。

見送りをしようと、寛次も節子も玄関先に出てきた。

すみ子が帰りの仕度をすませ、下に降りて寛次に挨拶しようとしていた。

「義兄さん、お久しぶりです。今日はゆっくりさせてもらい……」

すみ子の顔を見るなり、寛次が笑い出した。

「すみしゃん、顔どうした？　えらい（すごく）何かテカテカ光っとうよ」

横で節子がすみ子の顔を覗こうとして笑いだし、安子とヒデオもすみ子の顔を見て笑っている。

「すみ子おばしゃん、いっぱい顔が光りようよ」

安子もそう言うと、すみ子は顔を触りながら、

「さっき、姉さんの化粧水使わせてもらったとよ。何か赤いガラス瓶のやつ」

ラクヲが慌てて、奥から出てきた。

「すみ子、それ髪油たい。あんた髪油ば顔に塗ってから」

どうやらすみ子は、化粧瓶の文字を確認せずに、顔に塗ってしまったようだ。すみ子の顔は夕日に照らされて浮きたち、よけいに光り輝いている。

「母ちゃん、そげんと（そんなもの）塗ったくって帰ったっちゃ、また列車に乗ったら煤くるとに（煤けるのに）」

ヒデオの言葉にみんな大笑いし、すみ子は顔を洗おうと、あたふたと家の中に戻っていった。ひと笑いも、ふた笑いもして、すみ子とヒデオは帰っていった。

安子にとってすみ子は、顔も性格もラクヲによく似て無邪気に笑う、かなり面白い叔母だ。そんなすみ子とは対照的な、もう一人の叔母との出会いと別れは、それからすぐのことだった。

八幡《やはた》に嫁いでいた寛次の妹ミキ子が、発症した結核をこじらせて帰ってきた。ミトは近づくのを嫌がり、ミキ子は寛次の家の二階に寝ることになった。

興味津々の安子は、ミキ子の世話をするマスクをはめたラクヲの後ろにこっそりついていき、ラクヲが閉めた襖を指がとおるほどの幅でそっと開け、部屋のなかを覗いていた。

ミキ子は色鮮やかな紫色の着物を着ていた。薄い唇に口紅だけ塗っているせいか、透き通るような青白い肌が際立ち、少し上がりぎみの目元と鼻筋がミトの若い頃によく似ていると大人たちが話しているのを聞いたことがあった。

安子は子供ながらに、色鮮やかな紫を纏っているミキ子の姿が恐くなり、思わず声を漏らした。

その声に驚いたラクヲは、とっさに襖を全開にし、

「安子は入ってきたらいかんと！」

と言って、慌てて襖をまた閉めた。

部屋の中からは、安子の行動を笑っているラクヲの声と咳込みながら笑うミキ子の声が響いてきた。

二階のミキ子の存在を気にしながら、学校から帰ってきたある日のこと。

「や、安子ちゃん…」

ミキ子が咳をしながら呼ぶ。

安子が階段を上がっていくと、ミキ子が、

「襖は、開けんでよかよ、怒られたらいかんけん。そこにおって」

そして、襖が一瞬開いたかと思うと、白い和紙に包んだ物が飛んできた。

「それで、あんたの好きなもの買いなさい」

おこづかいをもらってしまった。

それからも時々ミキ子は、安子が学校から帰ると、「安子ちゃん」と二階から呼んだ。

安子の帰ってくる足音がわかるようだ。

襖を開けずに、会話をするようになった。

おしゃべりな安子は、いろんなことを話した。ミキ子は安子の話に咳をしながら笑い、
ある日鼻を少しすする声で言った。

「あのね安子ちゃん、ここにおったらわからんけど、ここから離れてみるとわかるとよ。なんか帰ってきたくなるとよ。こげな体やけん、帰ってきたら嫌がられるち、わかっとうばってん（わかっているが）、筑後川のそばに帰ってきとうなるとよ……」

安子にはミキ子の深い事情を理解することはできなかったが、とてつもない寂しさや悲

しさを抱え込んだままここに帰ってきたということは、伝わっていた。

その数日後、ミキ子は亡くなり、安子の幼い記憶に襖越しの会話だけを残した。

世の中から贅沢品が消えだしていた頃でも、安子の家にはいろんな品物があった。寛次はタオル屋を営む傍ら、人に金を貸していたりもしていて、品物はその担保だった。タオル屋の商売もさほど順調だったわけではないが、寛次は株も手がけており、タオル屋を弟に譲ってからもいろんな人が家にやってきていた。その中に、安子が楽しみにしている人がいた。

博多からくる香月《かつき》さんだ。中折れ帽子に背広で、いつもニコニコしながらおみやげを持ってきてくれる。寛次より少し若い人だ。キューピー人形やドロップキャンディ、チョコレート、絵本、いろんな物を節子と安子に持ってきてくれた。寛次の性格をわかっているらしく、香月さんは長居はしない。話がすむといつもすぐに帰ってしまう。

安子は香月さんからもらったキューピー人形を寝る時も離さず、大事にしていた。

しかし、それを近所の女の子たちに見せびらかしたおかげで、戦時中、香月さんのキューピー人形は米国生まれの「敵性人形」として燃やされてしまった。安子は怒ってはいたが、泣いたり駄々をこねたりはしなかった。

この事が起きる前、金属供出で威圧的な役人が家にやってきた時があった。生活に必要なある程度の物は、目立たない場所に置き気づかれずにすんだが、しまっていた古い茶釜や鍋、工具、色んな金属でできた物を差し出さなければいけなかった。

その中に、先代の円吉から受け継いだタオル屋の古い看板があった。大人の両手で抱えきれるぐらいの小さな看板だが、重さがあり銅でできていた。寛次にとっては思い出深く、大事にしまっていたつもりだった。

だが、見つけられてしまった。何とかそれだけは勘弁してもらえないかと訴えたが、役人は聞き入れず他の物と一緒に回収された。

安子が下から寛次を見上げたとき、流さなくとも寛次は涙目になっていた。ここで逆らえば憲兵が来てどうなるのかは想像がついていた。その悔しさは、周りにいた者には充分伝わっていた。

安子の横で見ていた寛次は言った。

「うちの家の中には、ここいらの者が知らんもんがいっぱいある。それを外に言うて回ったら、こげん（こんなふうに）燃やさるうったい」

安子は炎に包まれていくキューピー人形を、駄々をこねたい気持ちを抑え、ただじっと見つめていた。

家の炊事場では、夕飯の支度に忙しいラクヲが、がめ煮（筑前煮）の味見をしながら、ちょこちょこ酒をひっかけている。嫁にきた当初は料理が全くできず、ミトと寛次に散々文句を言われ、くやしい思いをした。

「だいたい、何で正月にはがめ煮と雑煮の根菜ばっかり、似たような醤油濃いものを食卓に並べるのだろうか。誰がきめたのだろうか。そんなに縁起がいいのか」

聞こえないように、ひとりで文句をブツブツと言いながら包丁を握っていたものだった。

ラクヲはまた思い出し笑いをしていた。酔いがまわると頬が赤らみ、笑い出すと止まらなくなる癖がある。我慢しようとしても、人の顔を見ただけでおかしくなるらしく、笑いをこらえても口がゆがみ、赤くなった頬の位置が微妙に高くなるから、酒をひっかけていることがバレてしまう。

「母ちゃま、また酒飲んどう」

安子と節子に茶化された時のラクヲの言い訳は、

「腹の中に泣き虫と同様の笑い虫もいて、笑う紐をいっぱい引っ張るから、むずむずして止まらなくなる。節子と安子にもその虫がいて、いずれはしょっちゅう紐を引っ張りだすから」

そう言っては、また笑っている。

さて、今日も夕食だけは一緒にとるミトの晩酌に間に合わせるため、ラクヲは先にお膳を並べて用意をする。隣の家までミトを呼びに行くのは安子だ。

白髪を丸まげに結い上げているミトの隣には、峰次郎がいた。その峰次郎には本当は立派な家庭があった。年上のミトとは幼なじみだったが、ミトは一人娘。峰次郎は土建屋の跡取りだったため、二人は夫婦になれなかった。

円吉が亡くなって何回忌か過ぎた頃から、ミトの元にちょくちょく通ってくるようになった。寛次もミトの目が不自由なことと、歳も歳だしという思いもあるのか、そのことについては特になにも言わなかった。

「ばあちゃま、じいちゃま、ご飯の用意できたばい」

二人並んで晩酌を始め、ミトが、

「安子は踊り、ちゃんと稽古しとうとか？　なんば習いようか、今踊っちみれ。うちが三味線弾くき」

そう言って、峰次郎に持たせてきた三味線を弾きだす。そういう時は安子も素直に扇子を持ち出してきて、ミトの三味線に合わせる。「春雨」や「祇園小唄」、「梅にも春」、「博多夜船」を舌をだしたり、開いた扇子の横からおかしな顔をしてみせたり、ふざけながら踊ってみせる。峰次郎も手を叩いて笑っている。

そんな楽しい宴も空襲警報が鳴ればおひらきで、安子はミトの手をとり、またケンカしながら防空壕へ向かうのだった。

それは突然の出来事だった。峰次郎が亡くなったのだ。

近所の染物屋で、将棋をさしている最中だったらしい。

峰次郎の葬儀はミトの家から出すことになった。本当の家族のところへは、籍こそ抜いていなかったが、峰次郎はもう長いこと帰っておらず、最後の何年間はミトと暮らしていたからだ。

ミトは峰次郎の棺の中に、自分の髪を自らの手で切って入れた。

それを見ていた安子は、

「ばあちゃま、前のじいちゃまの時も髪の毛入れたとね？　じゃあ二回、髪の毛入れようっちゃね」

いらんことを言ってしまい、あとで怒られた。


すみ子はヒデオに、益々手こずっていた。寛次とラクヲに言って聞かせてもらおうと、時折ヒデオだけ家に泊まらせるようになった。

日頃、ヒデオはいつも、どこかで拾ってきた木の棒を手に持っていた。大人が捨てさせても、またどこかで拾ってくるのだ。気に食わないことがあると、その木の棒を大きく振ってみたり地面を強く突いたりしてみせていたが、寛次を恐れているようで泊まりに来るときは家に持ち込まずにいた。

安子とヒデオ、節子も交え最初のうちは素直に、お手玉やおはじき、ボール球の投げ合いとかで仲良く遊びだす。年長の節子はあきてくるらしく、他に用事があると抜ける。安子とヒデオとでボール球の投げ合いが始まり、そのうち二人とも熱くなる。わざと強く投げつけたとケンカになり、鼻にシワを寄せ、さも憎たらしい顔をしながら、「バーカ、バーカ」とカラスの鳴きあいのような言い合いが始まる。

寛次が叱ると、泣きだすのはヒデオだ。

「なんね、ヒデちゃん。メソメソせんよ」

ラクヲが叱るときの真似をする安子に、一段と泣きだすヒデオ。

寛次が、安子たちが泣きだしたらいつも言っていることを口にする。

「そげん（そんなに）泣きよったら、鬼瓦の型押しにくるぞ」

安子が笑いだし、ヒデオが泣き止んだ。屋根の上の鬼瓦を思い浮かべると、おかしくなったのだ。

「ヒデちゃん、青鼻出とう、もう汚い」

せっかく泣き止んで笑いだしたヒデオに、安子がそう言うと、ヒデオはまた顔をしかめながら言い返す。

「安子は、屁ばっかりするくせに」

「ふん、青鼻たらたらのくせに」

安子とヒデオの、屁と青鼻のどうでもいい言い合いは、しばらく続くのだった。

いつも、いたずらが過ぎたりして二人とも叱られ泣きだすのはヒデオだが、たまに安子の方が強く叱られることもある。いつまでもふてくされている安子にヒデオは、自分の胸に手を当て、

「安子、誰でも心がここにあるから大丈夫だ」

と慰める。

安子は、「心」と大人びたようなことを言葉に出して言うヒデオのことを、時々不思議に思った。

安子が小学校三年の夏。寛次の慣れない畑仕事を手伝いに、ラクヲの父親日田のじいちゃまが来ていた。日田のじいちゃまの他に、すみ子とヒデオも来ていた。

大人たちの畑仕事を横で手伝うどころか、安子とヒデオは最初は仲良く遊んでいるようでも次第にケンカをしだし、二人とも叱られたらどっちが悪いかとまたケンカをする。

そんななか、日田のじいちゃまだけは、お茶も飲まずにさっさと帰っていく。ラクヲはそれを黙って見送るのだったが、安子は追いかけていき、

「日田のじいちゃま、お茶飲んでいかんね。父ちゃまが機嫌悪かけん飲んでいかんと？」

日田のじいちゃまは、

「安子よか、よか、気にせんでよかけん。あっそれよかな、今度な義人《よしと》おじちゃんが会いにくるち、言いよったぞ。よろしゅうな。お前は体が弱かけん、病気せんごと気をつけとかな」

そう言って帰っていった。

ラクヲが嫁に来る前から、寛次は日田のじいちゃまに金を貸していて、ラクヲが嫁いでからもちょくちょく金を借りにきていた。

秋の初めの頃、ラクヲの一番下の弟、義人が軍服姿で父親が世話になってと、あいさつにやってきた。

出征する二日前だった。

節子と安子は不器用な手で、でこぼこな縫い目の小さなお守りを作って義人に渡した。

「手紙ば書くけんね」

約束しあうと、

「いってきます」

と、義人は誇りと恥ずかしさと不安が入り混じった笑顔を残して、戦地に向かった。

安子は鮮やかな朱色の紅葉を拾ってきては押し花を作り、それを節子とケンカしながら一緒に書いた手紙に入れた。義人からも手紙が届いた。そこには「もみじ、ありがとう」と書いてあり、安子は自分の手紙が届いていたことを知り喜んでいたが、ちょうど家に来ていたヒデオから、自分にも義人から手紙がきて安子の手紙より文章が長かったなどと自慢され、またケンカになるのだった。

そんなケンカも、ヒデオに家と学校の用事が増えだしたおかげで泊まりには来られなくなり、しばらくは休戦になった。

安子たちが心待ちにしている文通相手の義人は、昭和十九年、フィリピン沖の病院船で戦死した。二十一歳だった。

電報は、夕食の準備をしているラクヲのもとに、日田のじいちゃまから届いた。

ラクヲはいつもと変わらぬ様子で義人の戦死を寛次に知らせると、先に食事をすませるミトのため、平然と夕食の支度に戻った。

普段、夕食時は寛次に怒られるので返事以外は皆なるべくしゃべらない。笑ってもだめだ。口の中に物を入れたら、箸しか動かしてはいけないのだ。

しかし、その日の食事中、急にラクヲが笑い出した。今日は酒をひっかけているラクヲを見ていないし、頬も赤くないと安子たちは不思議に思う。

「なんが、おかしいとか」

唯一、食事中しゃべることを許されている寛次が気にした。

「わからんと、すんまっしぇん。ばってん……なんか……おかしかと……」

声は続かないが、手で口を隠して大笑いしながら、ラクヲは泣いている。
寛次は怒らなかった。
安子と節子は茶碗を隠す準備をしていたが、この日ばかりは無駄となった。

第二章　奔放娘

戦争も終わり、節子は扇子を回すのが嫌だと言い出し、踊りの稽古に行かなくなったが、安子は稽古だけは欠かさず熱心に通った。踊りの先生は相変わらず厳しかったが、うまく踊れた時には安子が喜びそうな褒め言葉を並べ、持ち上げるのがうまかった。町内会の祭りがあると、小さな舞台で踊りを披露したりもしていた。

十二歳になった安子は、踊りの先生からの誘いでコンクールに出場することになった。九州地区のわりと大きなコンクールだ。

当日は寛治もラクヲも節子も、客席の後ろで立って観ていた。

安子は朝から微熱を出していたが、「お七」を踊って一等賞をもらった。しかし、なぜか寛次からは褒めてはもらえなかった。

その後、家に帰ってから安子は高熱を出してしまった。寛次は安子の体調が悪いことを察知していたようだ。駆けつけた医師に「背中が痛い」と訴えた安子は、脊髄カリエスにかかっていた。

背中を石膏で固め、寝たまま十日ほど過ごした。見るところが天井しかない安子は、ミキ子のあの言葉を思い出していた。

「ここにおったらわからん、離れてみてわかるってなんやろう。うちはまだ離れたことなかけん、わからん。筑後川の向こうのまだ向こうには、何があるやろか。博多には、いつも香月さんが持ってきよったようなおみやげがいっぱいあるっちゃろうね。大人になったら筑後川の向こうに行かるうかいな……一等賞になったとに、父ちゃま機嫌悪そうやったね。母ちゃまと姉ちゃまは喜んどったのに。ちったあ(少しは)褒めたっちゃよかろうに」

熱と背中の痛みの中、安子はいろんなことを夢半分で考えていた。

一方、寛次はラクヲを責めていた。どうして熱があるのにコンクールに行かせたのかと。安子が頑張って一等賞を貰おうと、どうでもよかった。ただただ、安子の体ばかりが心配だったのだ。

そんな寛次の気持ちなど知るよしもなく、安子は背中の石膏を外したくて仕方ない。

「母ちゃま、母ちゃま、もうこげんと(もうこんなもの)外して」

「先生が診るまで外されんたい」

ラクヲが言い聞かせても、聞こうとしない。安子はカンシャクをおこし、枕や傍にあった手鏡を投げつけようとするが思うように動けず、足をバタバタさせて困らせる。ラクヲでは手に負えず、寛次が来て怒鳴っているところに、近所の医者がやっと往診にきた。「遅うなってしもうたな、今日は患者がつかえちょったけんな（混んでいたからね）。安子ちゃん、どれどれ」

着いた早々すぐ診てもらい、石膏をはずしてもらう。

そこへ節子が学校から帰ってきて、憎々しげな顔で言った。

「ずうっと動かんでよかごと、はめときぃよ。ついでにいらんこと言う口にもはめとき」

「なんね、色気づきよるもんに言われとうない！」

石膏がとれて自由の身になった安子は、節子に掴みかかろうとして寛次に怒鳴られた。


安子と節子があまりにケンカばかりしているので、ある日ラクヲは二人に昔この家が料亭だった頃の話をした。

――そこは、料亭という名の男の人を喜ばせる場所で、ある時、働いていた女の人が一階の便所の前の裏階段の所で首をつって自殺した。裏階段と、裏階段へ続く表階段が前々から気味悪く感じるのは、その名残だ――。

普段、裏階段と表階段は、何も置いていないのでドタバタするにはちょうどよく、安子と節子の恰好の遊び場だったが、その話を聞いてからは、夜中どちらかが便所に行きたくなっても一人では行けない。もう一人も起こして、二人で結束して行かなければならないのだ。そんな時はケンカしている場合ではない。

安子と節子がおとなしくなったのを見たラクヲは、興に乗って幽霊の真似をしてみせるようにまでなった。

安子たちのケンカが続くと、ラクヲは長い髪を垂らし、垂らした髪の間から顔を覗かせて目を寄せる。口元にはうっすらと薄気味悪い笑みを浮かべ、喉の奥から絞り出すような声で「おいで、おいで」と、安子たちを追いかけまわすのだ。

安子も節子も最初は面白がっているのだが、ラクヲの迫真の演技にだんだん本気で恐ろしくなり、仕舞にはぎゃあぎゃあ叫んで逃げ回る。

あまりのうるささに寛次が居間から飛び出して、

「しゃあしかっ（うるさいっ）！　静かにせんか」

怒鳴ったはいいものの、ラクヲの姿を見た寛次の顔は一瞬で固まり、

「は、はよう恰好ば元に戻さんか！」

さすがの寛次も恐ろしいようだ。

特に裏階段の上でするラクヲの女幽霊は、即席のお化け屋敷となり、暑苦しい夏も一瞬にして涼しくさせる、最高のエンターテインメントだった。

その当時、この近所には実際に遊郭が何軒かあり、節子や安子と同じくらいの歳の子たちが売られてきて、朝早くから店の前で掃除をさせられていたり、夜になれば大人同様におしろいを塗り、それらしく着物を着てお客の相手をさせられていた。

安子は、ふくます屋へ稽古に行く途中、遊郭の娘の一人に話かけられたことがあった。

「お嬢ちゃん、いつも綺麗な服着てよかね。今から稽古事いきようとね」

安子より少し年上くらいの娘が、店先に水を打ちながら聞いてきた。

「あんたもよかね。いつもお化粧、綺麗にしてもろて」

安子は、得意のいらんことを返す。

頬っぺたに、幼さが残る笑顔でその娘は言った。

「いつも怒られようとよ。あんたは器量が悪かけん、いっぱい塗らないかんって、言われよう」

興味津々な安子にはまだ聞きたいことがあったのだが、その様子をじっと見ていたラクヲが駆け寄り、安子を遮った。

「またいらんこと言いよろう」

安子はふくれ顔で、

「着物、綺麗でよかねって言うけん、いつもお化粧してもろてよかねって言いよると」

ラクヲがその娘に聞いたところによると、その娘の故郷は長崎の南のほうらしい。

売られたわけではではないが、借金とひきかえに嫁いできた自分のことが重なり、ラクヲは思った。

……楽に生きられるようにと「ラクヲ」と名づけられたと聞いたが、嫁に来て楽をするどころじゃない。いったい、いつになったら楽ができるようになるのやら……。

遊郭の店から女将らしき、大柄で口紅の派手な女が出てきた。

「なんか、すんまっしぇんねぇ、お嬢ちゃんにこん娘が話しかけたようで」

その娘は途端に怯えた表情になり、手に持ったままの桶が微妙に震えている。

安子はとっさに、

「うちが話しかけたとよ」

「なんか、うちの子が、いらんこと聞いたみたいで」

ラクヲと安子は愛想笑いを浮かべ合い、そそくさとふくます屋に向かった。

「うち、洋服が大好きやけん、裁縫の仕事ばしたかと」

普段からそう口にしていた節子は、久留米の服飾専門女学校に通いだした。

安子と仲が良い時は、ファッション雑誌や映画雑誌を読んで、ああでもない、こうでもないと言い合っていた。

節子は、自分の服から、安子のワンピース、ビーズでアクセサリーまで作ってみせ、手先は器用に動いた。

病気が治った安子が、節子に作ってもらった真新しい白いワンピースを着て学校に行くと、友達に、

「安子ちゃん、具合よくなってよかったね。お見舞い行こうと思っちょったけど、安子ちゃんのお父さんに怒られたらいかんけん」

と言われた。

寛次は普段、知らない人が訪ねてくると、

「あんた、何の用があるとの。用がなかなら、時間の無駄ばい。はよ帰らんか」

とつき返す。いくら仲良しの友達でも、寛次を恐れるのは当たり前だと安子が考えていると、ふいに友達が聞いてきた。

「安子ちゃん、久留米のアサヒ屋デパート、行ったことある?」

「まだ行ったことないけど、何日か前、オコシおばしゃんが家に来て、デパートの話しよった」

安子が寝込んでいた時、見舞いがてら来たオコシおばしゃんが、「安子ちゃん、治ったら母ちゃまと三人で久留米のデパートに行ってみようや」と、安子を元気づけるようにラクヲとの雑談の合間に言っていた。

オコシおばしゃんは、昔どこかの花町で働いていたところを旦那さんに身請けされたそうだ。その旦那さんと寛次の仲がよかったことから知り合い、旦那さんは急に亡くなってしまいオコシおばしゃんは一人になったが、よく家に遊びに来ていた。

あっさりとした性格で寛次とラクヲの性格も理解している。寛次とラクヲはオコシおばしゃんのことを「オコしゃん、オコしゃん」と呼び、家に長居しても気を遣わされることがない一人だった。

安子は思いついたように、友達を誘った。

「今日、久留米のデパート行ってみらん？　行こうよ！」

学校が終わるとさっさと家に帰り、貯めていたおこづかいをラクヲが作ってくれた赤い財布に入れ、最寄りのバス停から友達とわくわくしながら、とにかく揺れるトレーラーの路線バスに乗って久留米に向かった。

初めて見るアサヒ屋デパートの前に立ち、「大きかねぇ」と二人で声を揃えて六階建ての上を眺め、安子と友達は両扉を同時に押して中に入っていく。

入ってすぐ、人が動かなくても勝手に上がり下がりする階段が目についた。エスカレーターだ。その横に帽子をかぶり、手袋をした女の人、エスカレーターガールがいる。

友達と手をつなぎ、前の人を真似てそうっと一歩乗って、安子ははしゃいだ。

「動きよう、上っていきようよ！」

見たこともないスカートやブラウス、小物、お菓子…。デパートは豪華でありとあらゆるものがキラキラしているように見えた。

だが、何よりもおもしろかったのは、最初に乗ったエスカレーターだ。夢中になって上がったり下がったりを繰り返していると、とうとう店員さんに叱られた。そこでようやく我に返った安子たちは、ショーウインドーのガラス越しの外が暗くなりかけているのに気づき、慌てて帰りのバスに乗った。

右に左に大曲になると揺れるバスの中、安子は「デパートは広おうして、おもしろかったな。あげんおもしろかっちゃけん、博多に行ったらもっとおもしろいっちゃろうね」と、夢心地だった。

しかし、寛次が絶対に許すはずがない。まずは、帰りが遅くなった言い訳を考えておかなければ。なんて言おうかと一生懸命に考えて、友達と口裏合わせの練習をしながら帰ってきた。

友達と別れ、家に着き玄関の戸を開けると、ラクヲが慌てて飛んできた。

「あんた、父ちゃま捜しにいったとよ。どげんするね、えらいおごらるうばい（ものすごく怒られるよ）」

ちょうどそこへ、寛次が真っ赤な顔をして帰ってきた。

安子は、

「あのね、友達ん家に行ったら、そん子が具合悪うなったったい（なったのよ）。家の人がおらんやっき（いなかったから）、そこにおってやった（いてあげた）」

この目一杯の嘘は聞き入れてもらえず、次の瞬間、安子の頬っぺたに衝撃が走った。

寛次は眉間にシワを寄せて怒鳴る。

「どこに行っとったか！　そのお前の友達ん家に行ってもう聞いとるとぞ。嘘をつけ、友達ぴんぴんしとるやないか。そげん嘘つきよったら、ろくなもんにならん！」

安子は、バスの中で夢心地の余韻に浸ることを抑え、一生懸命考えた言い訳が通じなかったことが腹立たしく、寛次に反抗した。

「せっかく言い訳まで考えて帰ってきたとに！　だいたい父ちゃまの顔色、なしてそげん

（どうしてそんなに）窺わないかんと？　もううるさい、このくそじじい」

言ってしまったと思った瞬間、また頬っぺたを叩かれた。

ラクヲが割って入り、

「もう、安子が悪かことはわかっとうちゃけん。はいはい、してしもうたことはいかんね。安子、父ちゃまに謝りなさい」

安子にしたら謝りたくないが、ラクヲの口が小さく「ごめんなさいと言え」と動くもので、仕方なしに「ごめんなさい」とふくれっ面のまま言って二階にかけあがった。


少し時間が経つと、隠れたつもりの安子のもとにラクヲがやって来た。

「はよう、お風呂に入らんね。おにぎりもしとうけん」

腹が代わりに返事をした。

風呂からあがった安子が炊事場に行くと、ラクヲが丸椅子に腰かけて一日の家事を終えたあとの一杯を楽しんでいた。

鍋一つ分ほどしかのらない卓子に、海苔で巻いた三角おにぎり二つが置かれている。安子はおにぎり一つを手に取ると、頬ばりながら聞いた。

「父ちゃま、なしていつも腹かくと（怒るの）？　あげん気難しゅうして偏屈者と、よう結婚したね、母ちゃま」

ラクヲは笑いながら、

「うちが決めたっちゃなかけんね、決められちょったもん。それに、父ちゃまと結婚せんやったら、あんたでけちょらんもんね（出来ていないからね）」

安子はその話をうっすらとしか理解できてないのに、「そっか」と言って笑い、頬がてかてかと赤くなっているラクヲもゲラゲラ笑った。

次の日学校に行くと、教室に入るなり安子のもとに一緒にデパートに行った友達が慌てて駆けよってきた。

「安子ちゃん、ごめんね。でも安子ちゃんのお父さん、怖かったたっちゃもん」

「もういいよ」

安子は友達に一瞬の笑顔を返したが、「あんなにバスの中で言い訳を練習したのに、すぐ喋るなよ」と、口の中でつぶやいた。

それから三日後、オコシおばしゃんが誘いにきた。ラクヲと三人、また久留米のアサヒ屋デパートに行くことになったのだ。

デパートに着くと、ラクヲとオコシおばしゃんはやっぱりエスカレーターに驚いていた。ちょうどエスカレーターガールはおらず、誰もエスカレーターに乗っていないのをいいことに、

「これに乗る時は、靴やら草履やら脱いで乗らんといかんとよ」

安子は得意顔で嘘をついた。

「うち、二人が上がってくまで下で見よっちゃあけん、早く上がって」

ラクヲとオコシおばしゃんは、エスカレーターの前で草履を脱いで手に持ち「おじゃまします」と一礼すると、二人で恐る恐るエスカレーターに乗って上がっていった。

「安子、これ、足袋が真っ黒になるが。みんな足の裏、真っ黒になろうに」

ラクヲはそこまで言ってオコシおばしゃんと顔を見合わせてから、

「なんね、あんた靴はいとるやんね」

安子は大笑いした。あとからエスカレーターを上ってきた貴婦人風の人や、その後ろからくる客もクスクス笑っている。

ラクヲとオコシおばしゃんは草履を叩きながら、力が抜けたと言って笑った。二人は初めてのデパートでさっそく足袋を買って履き替え、店内をいろいろ見てまわったが、安子のいたずらであまりにも力が抜けてしまったらしく、足袋を買っただけで他は何も買わずじまいだった。

「いい思い出ができたばい、ありがとう安子ちゃん」

オコシおばしゃんは一人身の余生を考え、この町よりも親戚のいる、もっと田舎の町に引っ越すのだそうだ。

その夜、節子と布団を並べた時、安子はエスカレーターの一件を節子に話した。笑ったあと節子は、「安子、今度博多に連れて行っちゃる」と約束した。

節子は時々、洋服を作る生地を探しに博多まで行くことがあった。

「天神に行ったら、洒落た店があるとよ」

話は尽きず、夜遅くまでしゃべっていると、下から寛次の怒鳴り声。

「はよ、寝らんか！」

節子も安子もいそいで布団に入り、頭からかぶって眠りにつく。

中学校に入る頃になると、安子はあまり大きな病気はしなくなったが、相変わらず熱が出たり、風邪をひいたりで学校も踊りの稽古も休みがちになった。

頭痛、呼吸困難、胸が痛い背中が痛いと、いろいろ訴えては医者に診てもらうのだが、原因がわからずに布団で過ごす日々。手がかかるのはいいとして、病気がわからないのではどうしようもない。寛次もラクヲも疲れていた。

隣の家からミトが、ぼちぼちと壁をつたって安子のもとに歩いてきた。

寛次は隣に住む弟にタオル屋を任せてからも、いろいろと口を出しては兄弟ゲンカをしていたため、この頃からミトは寛治の家で夕食をとらなくなっていた。ミトの世話はラクヲから弟の嫁にきり代わったが、やはり寛次たちが気になるのだろう、二、三日に一回は様子を伺いにきていた。

「安子、具合が悪いとか」

ミトが心配そうに聞く。

二人目のじいちゃまを亡くして、三味線を聴いてくれる人もいなくなり寂しそうだ。ミトはそれだけ言うと、また壁をつたってぼちぼちと歩いて戻っていった。

ある日、ラクヲの思いつきで、時々ミトが揉んでもらっていた按摩さんをつれてきた。盲目の痩せたおじいさんだ。安子は見かけたことがあった。親のない子どもたち数人と一緒に生活し、川辺で時々子どもたちを遊ばせていた。

杖をついた白衣のおじいさんは、下の部屋に寝かせられている安子に、

「お嬢ちゃん、こんばんは」

と挨拶すると、早々に指圧を始めた。

指先の力が一定のリズムを刻むように、背中を駆け上がったり下がったりしている。止まったかと思うと、今度は一ヵ所をぎゅうっと押される。それが肩だったり頭だったり。背中、腰、足、足の裏と押されているうちに、体がだんだん温かくなり、軽くなってきた。体にべたっとへばりついている重たい錘《おもり》を、少しずつ取り除いてもらっているような不思

議な感覚だった。

「お嬢ちゃんは同じ年頃の子に比べたら体が細《こま》か（小さい）が、今から大きくなるよ」

足の裏を押されながらそう言われた安子は、気持ちも落ち着いていた。
二、三日おきに按摩さんに来てもらい、指圧のおかげで血の巡りが良くなったのか、だんだんと体の調子を取り戻してきた安子は、外に出たくなった。
ちょうど往診に来ていた近所の医者が奥で寛次と雑談をしている。前々から医者が乗ってくる自転車が気になっていた。寛次の自転車があるが、車体が細くて練習するには難しそうだ。それに比べ、医者の自転車は後ろに大きなカゴが付いていて補助代わりになる。

「よし、今だ」

安子は、自転車の練習をするため失敬した。

ハンドルを握り、またがり、初めて乗る自転車。両足が全く地面に届かない。それでも、よろけながら右足左足とペダルに載せるが、思うようには進まない。載せられたと思うと、バランスが崩れて片足をついてしまう。そんな動作を繰り返しながら、自転車はなんとか前に進む。「えい」と勢いよく両足をペダルに載せてみたところ、ギーコギーコとすんなり進んだが、前から人がこっちに向かってくる。

「危なかよ、どいて、どいて！」

……勝手な運転をしている。

筑後川をちらちら横目に見ながら、ペダルを漕ぐ。頬っぺたや髪に風が当たるのが病み上がりの体に気持ちよく、このままどこへでも行けそうな……わけはなく、家に戻ると寛次に呆れられ、医者からは、

「かっぱらいするぐらい元気がありゃ、大丈夫たい」

と大笑いされ、許してもらった。


安子は中学校でも、皆と一緒に協力して、なんてことはできず、しばしば問題を起こす。その頃、体が小さくまだ子どものようだった安子も、初潮を迎えた。初潮など他人ごとだと思っていたのだが……。節子が初潮を迎えた時は、「姉ちゃま大変、血が出よう（出てる）。股から血が出ようよ」と大きな声でからかっていたものの、自分がなってみたらそうはいかない。ラクヲが赤飯を炊き、節子の時と同様に、寛次は安子の成長を知ること

になるのだった。

そんな中、安子がもっとも嫌っていた行事の日がやって来た。「肥《こえ》だめ当番」だ。肥を入れた桶をてんびん棒で二人一組、校舎の裏の畑まで担いで行くのだ。

当番制にもかかわらず、とにかく誰がなんと言おうと安子はやりたくない。とくに今は生理の真っ只中で、腹をこわしている訳ではないのにしくしくする痛みとの戦いでもあった。朝からラクヲに、腹が痛いうえに熱があると、大げさに訴えてはみたものの、体温計を渡され、こんな時に限って体温計は味方になってはくれず、しぶしぶ登校した。

安子の耳には何一つ入ってこない授業が終わり、放課後はあっという間にやってきた。さらには、一緒に当番をする女の子も、安子より体が小さく病弱の子だ。先は前途多難。考えたすえ、安子は当番を忘れたふりをしようと、帰る準備を始めていた。

しかし、そううまくはいかず、担任につかまった。

「今日は当番じゃろが。鞄も荷物も教室に置いて、さっさと行ってこい！」

廊下では、もう一人の当番の子が安子を待っていた。二人は仕方なしに担ぎに行く。

「よし、さっさと終わらせよう」

安子が前でもう一人が後ろ。持ち上げたはいいが、予想を超える臭いと色だ。ふらふらするたびに、桶はゆらゆらと揺れる。ポチャポチャと音がして飛びはね、運動靴にかかりそうだ。てんびん棒と桶を繋いでいる縄も、古くなっていて頼りない。いまにもバチンと外れそうだ。

運動場で練習をしていた野球部員が、それを見てクスクス笑う。安子は顔を赤くし、

「ちょっと、ここで置いて。おろすよ」

「せぇの」

でおろした場所は、運動場のど真ん中だ。

「うち、もういや。こげん臭かと、ここに置いて帰る！」

「でも、怒られるよ。もう少し頑張ろう……」

もう一人の当番の子が泣きべそをかきながら説得するも、安子は益々険しい顔になり、

「いや、頑張れん。もう、帰ろう！」

遠くのほうから、

「コラァ、なんばしよっとかー！」

と、二人に向かって叫ぶ担任の声が聞こえ、だんだん近づいてくる。

安子は睨みつけ、大声で返した。

「来るなら、来てみろ！　この肥桶、ばらまくぞ！」

担任は、こっちに向かっていた足を止めた。

その隙に安子は靴を脱いで手に持ち、生理で腹が痛いのも忘れて、裸足になって夢中で走る。もう一人の当番の子も、安子を追いかけるように走り出していた。

やっとの思いで家にたどり着くと、玄関の戸を思いっきり開け、息も切れ切れに、

「うち、学校いや！」

と安子は叫んだ。家にいた寛次が、驚いた表情で居間から出てきた。

「どげんしたつか（どうしたのか）？」

上がり口で、「ぜぇ、ぜぇ」と息を吐きながら安子は、

「今日、肥だめ当番やったったい。途中で置いてきた」

そうこう、言い訳をしているうち、

「ごめんください」

どこかで聞いた声だ。安子は足も拭かず、急いで裏階段にまわって隠れた。担任と、もう一人、誰かの声がする。

寛次は、そのまま上がり口で対応している。

肥だめ当番のこと、桶を置いて逃げ帰ったこと、誰でも当番があること、ひと通り説明を聞いてから寛次は言った。

「肥だめ担ぎは、あんたたちがすればよかやんの（いいのではないか）。なんで子どもにさせるか。あんたたちが勝手に畑作っとうちゃろもん（作ってるんだろう）。学校は働くとこか？ 勉強するとこじゃなかとか？」

さらに続けて、

「うちの安子は口ばかしきいて悪かばってん、体が弱い。そげなこつできん。無理、無理」

寛次の口元は半分笑っている。呆気にとられた担任たちは帰っていき、ラクヲが学校に安子の鞄と荷物を取りに行った。

帰って来たラクヲに、安子は聞いた。

「肥だめ、片付けとった？」

「なんもなかったよ。どこに置いてきた？」

ラクヲは、今にも笑いだしそうな顔で聞き返した。

安子はしゅんとして、

「運動場の真ん中辺り。たぶん……」

ラクヲは前掛けを着けながら大笑いし、「あーおかしい」と炊事場に向かった。


当番がなくても、朝になると安子は学校に行きたがらない日が度々あった。朝ご飯をみんなで食べている最中に、寝起きで不機嫌な安子は突然言い出す。

「今日、学校行きたくなか」

途中で箸を止め、寛次が、

「また、肥だめ担ぎ、やらさるうとか。無理っち言うとったぞ」

「ううん、どうせ当番またまわってくるもん……」

「行きたくなかなら、学校行かんでよかぞ。家んこつ（家のことを）手伝え」

寛次はそう言うと、また箸を動かしだした。

そこで安子は考えた。もし家事を手伝えば、またいらんことを言ったりしたりで寛次に怒られる確率は高い……。やっぱり学校に行くことにした。

その後、安子に仕事を増やされては困ると学校側は思ったのだろうか、肥だめ当番は二度と回ってこなかった。


それから数ヵ月後の年末、慌ただしい正月準備をひと段落させたラクヲは、正月くらいは洒落て髪型を変えようと、近所の美容室に向かった。そこでたまにはいいかと、パーマをあててみることにした。レンタンのパーマ（カーラーの中に熱くしたレンタンを入れ髪にクセをつけるパーマ）だ。

「あちち、あちち。洒落るとも、やおいかんね（簡単ではないね）」

とレンタンパーマをあて終え、家に戻ると安子と節子がラクヲの頭を見てゲラゲラ笑う。

「母ちゃま、頭どうしたと？」

ラクヲは夕飯の仕度に忙しい手を止め、鏡台の前へ行った。

「パーマ、あててみたったい。もう、髪切りすぎとうとかいな？　時間が経てば落ち着くとかいな?」

　後ろで見ている安子と節子に助言を求めたが、

「母ちゃま、鏡がびっくりしとうよ」

　二人とも、ただ笑うばかりだ。

　ラクヲは手で頭を押さえてみるが、どうにもまとまらず、毛糸の帽子やマフラーをかぶり押さえてみたが落ち着かない。ラクヲの髪は、もともと、ちゅるちゅるのカールがかかったようなくせ毛で、湿気の多い時などはちゅるちゅるが激しくなるため、いつもひとつに丸めていた。そのくせ毛にパーマがいけなかったのか、髪の毛はチリチリになり、全体的に「今しがた爆発しました」というような髪型になっていた。

　家族で夕飯の食膳を囲んで座ると、ラクヲの頭を初めて見た寛次が、

「頭どげんしたつか」

　ラクヲは、寛次が揶揄するようなことを言ってくるだろうと予想していたらしく、

「よかでしょう、今からこげな頭が流行するとですたい」

　と、すました顔をして答えた。

それを聞いた寛次は噴き出し、

「今年は、ほんなこつ、しちゃかちゃ（本当に、めちゃくちゃ）。そん（その）ラクヲの頭と安子の肥だめ担ぎ騒動で、今年は笑い納めたい」

みんなで笑っていたが、笑いながらも誰もがラクヲの頭の今後を心配していた。


正月、雑煮とおせち料理にも飽きだしてきた頃、安子は約束通り節子にバスと電車を乗り継いで買い物に連れて行ってもらった。

寛次の持っていた鉄道会社の株が戦後に暴落し、尻ふき紙にもならなくなると、いつもお土産を持って来てくれていた香月さんも来なくなったので、目新しい物は自分で見つけるしかないと、安子は節子に買い物に連れて行ってもらうのを楽しみにしていた。やって来たのは天神だ。博多の町までは路面電車に乗り換えれば近いが、博多の町はもっと大人が行くような場所のようだ。

天神にはデパートがいくつかあり、安子たちのような若い世代が好みそうな洋品店の数が多い。

「うわぁ、やっぱり洒落た店がいっぱいある。久留米にあるような店がいっぱいあるね！」

ショーウインドーに展示してあるアクセサリーや化粧品、店先に並ぶマネキン人形に安子ははしゃぎ、目移りしながら歩くうち、節子のお気に入りの洋品店に連れて行かれた。

「可愛か服がいっぱい！」

と、手あたり次第に鏡の前であてがって見る。水玉、花柄、縦縞、横縞、色とりどりのワンピース、温かそうなコート、ハンドバッグに帽子と靴。あれも欲しいこれも欲しいと口にしながら、二人とも持ってきた小遣いが足りない。

時間も足りなくなった安子と節子は、一着ずつ選んで買い、また次回と何やら企みあいながら帰った。

第三章

夜遊び中毒

安子の高校受験も近くなってきた。

このままこの町に居続けるのもつまらないと思い、博多の学校に行きたいと寛次に嘆願したものの、聞き入れてもらえるわけもなく、安子はふてくされながらも、家から一番近い距離の高校に進学が決まった。

一方節子は、専門学校を卒業する少し前辺りから、帰りが遅くなったり、夜になると家から抜け出し、夜遊びをするようにもなった。

ある夜、二階に布団を並べて寝ようとする安子の隣で、突然節子は寝間着からワンピースに着替えだし、長い髪をまとめて出掛ける準備を始めた。

「節ちゃん、どこ行くと」

いつからか、節子を呼ぶ時は「姉ちゃま」から「節ちゃん」になっていた。

節子は小声で、

「久留米のダンスホールに行くったい。あんたも今度、連れて行っちゃあけん」

と答えながら、気ぜわしそうにハンドバッグと、いつの間にか用意していたハイヒールの靴を手に持っていた。安子に「いってきます」と節子は声を出さず口を動かし、足音を立てないように、そうっと表階段を下りていくが、階段の上から数えて三段目と四段目の間は、いつもミシッときしむ音が鳴る。聞き耳を立てている安子は、「音を立てたくない時ほど響くもんだ」と思っていた。

二階で一人になってみると、安子はふいに首つり自殺の話を思い出し、怖くなった。たまに、便所に続く裏階段の扉が「キイィ」と勝手に開くことがある。先ほど節子と閉めに行ったのではあったが、今また扉が開いたらどうしようと思いながら布団にもぐりこむ。怖いからといって、今安子が下りていけば、「節子はどこに行ったか」と聞かれるに違いない。そんなことになれば、ダンスホールに連れて行ってもらえなくなる。

かといって眠れるわけでなし、見えない女の幽霊まで想像してしまう。そのうち箪笥や天井の木目まで人の顔に見えてきて、あんなに大好きだったキューピー人形も、日本人形やフランス人形、愛らしい動物のぬいぐるみも、箪笥の上で笑っているようで気持ち悪い。「節ちゃん、早く帰ってきて！」と、祈るような気持ちのまま布団を頭からかぶった。

便所に行きたくなったら、ものすごくのどが渇いたら、具合が悪くなったら、余計な心配までしているうちに、安子はいつの間にか眠ってしまった。

翌朝、いつ帰ってきたのか安子が目を覚ますと、節子はあたりまえのように隣の布団で眠っていた。

ラクヲがご飯の準備ができたと二階に上がってくる。どうやらラクヲは、節子の夜遊びに気づいているようだ。

「ほら、起きて、ちゃんと顔洗《あろ》て。父ちゃまに悟らるるが」

ラクヲは節子を揺り起こす。

そんな日がたびたび続くので、節子は専門学校を卒業すると、どこから話を持ってくるのか、しょっちゅう見合いをさせられるはめになった。その中の一人で一番年の近かった大学生と、節子は付き合うようになった。

大学生は父親の黒塗りの車を借り、節子を迎えに来ては、どこかへ連れ出していく。寛次が黙っていないだろうと思いきや、夜遊びに行くよりもましだと考えたのか、何も言わない。だが、安心した様子でもない。

節子は専門学校を卒業したら博多で就職したいと寛次に言ったことがあったが、やはり安子の高校進学の時と一緒で許さなかった。

「買い物や遊びに行くのとは違う。街なかに出れば田舎と違って、お前たち田舎娘を売りとばそうとする者やらがそこらじゅうウヨウヨおる。新聞に書いてあるような強盗やら殺人やらがあるとたい」

きまって、そう脅すのだ。結局、寛次は娘たちを家から出したくないのだ。


安子と節子は、いつものように二階に並べた布団の上で話をしていた。

「うったち（私たち）、一生ここから出られんとばい」

「どうせ、この辺の誰かと結婚するっちゃろうね。節ちゃんは最近迎えにくるあの人と結婚すると？」

「……よか人とは思うけど、まだわからん」


安子よりはしっかりしている節子にも、いろんな迷いがあるようだ。どこか浮かない表情がここのところ続いていた。

「あーあ、この辺は一応は町なかになるけど、右見たら川やし、左見たら田んぼやし、真っすぐ見たら山やし、何か小さい時みたいにわくわくすることがないね。大人になったら面白いことあるとかいな」

安子のぼやきに節子は、突然体を起こすと着替えだした。

「安子、今からダンスホールに行くよ。早く用意して」

「わかった！」

安子もすぐに起き上がり、乗り気で着替えをする。

天神で買った格子模様のワンピースは、買った当初はまるで人から借りてきたように服に着られていたものだったが、いつの間にかサイズがピッタリになっていた。肩まである髪を、節子が上のほうでくくってくれた。ポニーテールだ。節子も同じように髪をくくり上げ、二人は鏡台の前で並んでみた。背丈も胸もある節子のほうが女性らしい体つきだ。

前もって用意していたハンドバッグと靴を手に持つ。音を立てないように襖を開け、三段目と四段目に気を遣いながら、そうっと表階段を下りていく。玄関の戸をゆっくり開け、一人ずつ体を滑らせ、静かに閉めようとすると、あろうことか、戸が固い。こんな時に限って、「戸が固い」くらいでおかしくなる。二人して今にも噴き出しそうになるのをぐっとこらえ、なんとか戸を閉めたところで靴を履き、カツカツとハイヒールの靴音がならぬよう、爪先に力を入れてタクシー乗り場まで走った。

久留米に着くと、「ダンスホールCOU」と看板に書かれた店に入った。

店の中は、見かけのわりには広くて、大きなシャンデリアがあり、カウンターの端と端に男と女が分かれて立っている。誘われて気に入ればダンスの相手になるらしい。

外国の曲が流れて、安子たちよりももっと目立つワンピースのフレアスカートを風車のように回してダンスする女の人や、派手な色のシャツを着た男の人がいる。安子にはまだアルコールの味がわからなかったが、こんな場所でオレンジジュースを飲んでいるだけで、なんだか大人になったような気がした。

節子の知り合いの男の人が話しかけてくる。

「節子ちゃん、誰、連れとうと？」

「妹連れてきたと」

「踊りきるね（踊れるのか）？」

男の人は安子に聞いてきた。安子は首を横に振り、

「わからん、踊りきらん」

と答え、節子の顔をみた。

「この、よかふり男は誰？」

ひそひそと小声で聞く安子に、

「よかふり男が、この辺いっぱいおるやろ」

節子も小声で返した。

「節ちゃんダンスみせてよ、踊って」

安子は節子をフロアに押し出した。

節子は踊りだしながら、安子に近づくと、手を引きフロアに連れて行った。

「こげんやって踊るったい」

安子は、節子の右、左、前、後ろ、横にいったり縦にいったりするハイヒールの足を見ながら、見様見真似でやってみた。向かい合った節子に合わせ、右、左……。

ダンスを覚えるのに時間はかからなかった。いつの間にか通わなくなった日本舞踊で鍛えた足が、思わぬところで役に立ったのだ。ツイスト、ジルバ、ブルース。気がつくと、周りを節子の知り合いに囲まれている。男も女もみんな笑いあって踊り、なかには踊りどころかケンカしてもめている男女もいるが、いずれにせよ楽しんでいる。

時間が経つのは早く、いつの間にか夜も深まり店を出ながら、どうやって帰るのかと安子が節子に聞こうとしたとき、店の横脇に節子の見合い相手の彼が車を停めて待っていた。父親の車が夜になると借りられると聞いていた節子が、前もって今夜迎えに来てほしいと頼んでおいたそうだ。

節子の彼は頼りないほどスマートで、真面目さが滲みでてとにかく優しそうだ。

「安子、早く後ろに乗って」

節子が自分の車のように仕切り、助手席に乗り込んだ。

安子が後部座席に乗るのを確認した節子の彼は、一瞬後ろを振り向き、「こんばんは」と恥ずかしそうに挨拶すると車を発進させた。

何を話すわけでもない節子と彼に、先に口を開いたのはやはり安子だ。

「ねぇ、節ちゃんダンス上手とよ。店に入ってくればよかったとに」

「いや、僕はちょっと苦手やけん……」

「うちは節ちゃんに教えてもろたよ」

「仲がいいっちゃね」

節子の彼は、話をそらしたいのか、運転しながら後ろの安子と隣の節子に話題をふった。

「今はね」

と一言だけ節子が答えれば、安子が後ろから、

「ケンカしたらすごかよ。節ちゃん力が強いもん。うち投げ飛ばされたこと何回もあるし、相撲しようみたいよ。ダンスもよかけど相撲とってもよかったっちゃない？」

「そうやね。安子はすぐ飛んでいくもん。東、西って相撲とったらみんなビックリするやろね」

安子と節子の冗談に、笑い出した節子の彼はハンドルから手を離しかけたが、「ちゃんと、前見て運転して」と節子が注意し、なんだかんだで家の近くに無事に到着した。

家の前だと寛次に車の音が聞こえてしまうということで、家の近くの橋の手前で降ろしてもらい、わずかの距離を歩く。ふと、遊郭がなくなっているのに気づき、あの女の子は

どこに行ったのだろうと安子は思った。

行きのように靴を脱いで手に持ち、静かに戸を開け、一人ずつ表階段を上がり、急いで寝間着に着替えて布団に入る。夜遊びは大成功だったと安心しきって眠る二人だったが、翌朝起こしにきたラクヲは、安子たちの足の裏を見て気づくのだった。


調子に乗ってそんなことを何日かおきに繰り返していると、さすがに寛次にも知られて怒られる。しかし、夜になると姉妹そろってそわそわし始める。昼間怒られたってなんのその。また暗闇の中、ゴソゴソと家を抜け出す準備をする。

とは言え、そうそううまくいく日ばかりではない。いつも決まった時間に就寝する寛次がなかなか寝てくれない時があり、どうしたものかと思っていると、そのうち懐中電灯を手に、様子を見に二階に上がって来る。そんな時は、ワンピースを着たまま急いで布団に入って寝たふりをし、しばらくしてから遊びに行くのだった。

交通費もばかにならない。ダンスホールに行くまでのタクシー代が足りない時は「ツケ」だ。あとで家に請求が来るのはわかっているが、夜遊びはやめられないのだ。

安子のいらんことを言う口も忙しく働き、顔なじみになるや否や、「あんたポマード塗りすぎ」とか「あんたは洒落たシャツ着ても顔が地味。シャツが踊りようごたるよ」とか「あんたはズボンの丈も足も短すぎ」とか、せっかくのお洒落も形無しなほどにいろいろと言うので、ダンスホールでは「口の悪いチビすけ」と呼ばれるようになった。

ある時、ジルバを踊っている相手に靴を踏まれた。節子と色違いのお気に入りの青いハイヒールだ。踏んだ相手に文句を言っていると、それを横で見ていたカップルが、クスクス笑いながらわざとぶつかってきて面白がっている。安子の才能が発揮される瞬間だった。

「ちょっと、あんたたち。何、わざとぶつかりようと！」

「口の悪いチビすけがチョロチョロすんな。下手くそやけん、ぶつかるったい」

ニヤついたカップルの男にそう言われ、一気に言い返す。

「下手くそは、お前たちやろうもん。うるさい！　この、カボチャにジャガ芋のフラフラダンス！」

それを聞いていた周りの人たちは大笑いだった。

安子と節子はいくつかの約束をしていた。ひとつ、男の人が誘ってもついていかないこと。ひとつ、ケンカをしても一人で帰らないこと。ひとつ、友達の女の子を連れて行かないこと（これは、万が一その友達が自分の両親に安子ちゃんたちに連れて行ってもらったと言えば、自分たちが悪者になり面倒だからだ）。そして、帰りはいつも節子の彼に迎えに来てもらうのだが、いつにも増してすっかり時間を忘れて遊びすぎた日のことだった。

いつの間にか、あと二時間ほどで夜が明けるだろうという時間になっていた。こうなったら、いっそのこともう少し周りが明るくなってから帰ろうということになり、それまで節子の彼の家で時間を潰すことにした。

深夜なので彼の家族は当然寝ている。応接間でゴソゴソとしゃべっていると、白髪の上品そうなおばあさんが起きてきてお茶を出してくれた。

「節子さんと妹さんね。まあ、若いお嬢ちゃんたちがこげな時間にうろうろして。親御さん心配しとらっしゃるよ」

おばあさんの言い方には棘があった。

「わかったら怒らるうけん、朝方までおじゃまさせていただいておりますと」

おばあさんは呆れた様子で、説教するためか、節子の彼を引っ張って廊下につれだした。

二人が席を外しているうちに、ヒソヒソと小声で話す安子と節子。

「安子がいらんこと答えるけん、怒られようとよ。ただでさえこんな時間に家に上がりこんどるとに。ばってん、おばあさんが起きてくるとはね。朝まで誰も起きてこんけんいいよ、寄って、って言ったのはあっちとよ。じゃあ断ればいいとに……」

節子が彼の不満を言い出した。

「どっちにしろ、あのおばあさん厳しそうやけん、昼間ここに来ても気に入らんと思うよ」

「そうやね、うちも一目でわかった。うちのばあちゃまと、また違うキツさがあるね、あのおばあさん」

安子と節子は、応接間の固い椅子で両手を上げ背伸びをし、のん気にもあくびをうつし合っていた。

空が白みだし、彼の迷惑も顧みずにまた車で家の手前まで送ってもらい、いつもと同じように帰ったのだが、この日はラクヲが起きていた。安子たちが玄関の戸を閉めて振り向くと、夜明けとはいえまだ薄暗い中、白地の寝間着姿でラクヲが立っていたのだ。まるで幽霊のように静かに、一瞬見過ごしてしまうほどさり気なく立っていた。

ラクヲは小声で、

「なんしようとね、あんたたちはまた……」

安子と節子は「しいぃ」と人差し指を立てた。

「父ちゃまが起きたら怒らるうよ」

さらに小声にして、説教しようとするラクヲ。

安子と節子は下を向いた。そのまま静かに階段を上がっていくが、安子の後ろにいる節子の「ふん、ふん、ふん」という鼻息が聞こえる。

「なんか、臭くない？」

節子は鼻をつまみ、小声で後ろにいるラクヲに聞いた。

前にいる安子が声を殺して笑い出し、階段を上りきる手前で、

「へぇ、ひった（屁、した）」

ラクヲと節子は、ふわふわと揺れる安子のスカートをはっと見つめ、小声で笑い出し、ついには笑いが止まらなくなった。静かにしなければいけないと思えば思うほど、余計に

おかしさは増していくばかりだ。「ゴホッ」という寛次の咳払いが聞こえた。安子と節子は急いで布団に入った。

こんな調子で昼まで寝ていたりするから、安子は学校に通えるわけがなく、とうとう高校も辞めてしまった。昼間、たまに家にいないかと思えば、姉妹揃って天神に出かけ、洋服を買ってくる。お金がなければ、いつの間にか顔なじみになっている店にツケて、後日家までお金を取りに来てもらう。最初のうちは、寛次に内緒でラクヲが払ってくれていたが、金額が大きくなると、さすがにラクヲも寛次に言わないわけにはいかない。

「お前たちゃ、なんば、そげん洒落ないかんんか！」

寛次から洋服のことで怒られると、安子は、

「天神まで行かな、うったちの（私たち）の着たい洋服はないとよ。洋服作ろうと思えば、生地も天神まで買いに行かないかんやろ。そげんするなら、もうできとうもん買って帰ったほうが早かろもん」

と、ありとあらゆる言い訳をするのだった。

さらに夜遊びのお金もなくなると、隣のタオル屋から預かった段ボール箱からタオルを持ち出し、

「肌触りのよかタオルはいかがですか、今日はお買い得ですばい」

それを売ってお金にするのだ。当然あとで知られて怒られるが、安子は気にしない。

そんないいかげんな日々を送っていると、節子同様、安子も見合いをさせられることになった。相手は隣町の外科病院の息子で、やっぱり大学生だった。ダンスホールで冗談を言い合っている男友達とは違い、お茶をすする姿も愛想笑いも大人びて落ち着いている。なるほどいずれは白衣をまとう人だと、納得させられるだけの風格がある。

安子のいらんことを言う口もこの時ばかりはおとなしく、なんて言ったらいいものかと迷っていると、向こうから「今度、家に遊びに来てください」と言われた。見合い中、珍しく黙っていたせいか、家に帰る頃には安子はほとほと疲れてしまった。

それでも夜になると、二階で夜遊びの仕度をする。節子が安子の髪をくくり上げながら言う。

「あんたも、見合いさせられるごと、なるとはね。小さい時から体が弱かったけん、お医

者のお嫁さんのほうがいいっちゃない。父ちゃまは安心するやろね」

「節ちゃん、博多にはもう行きとうなかと？　このまま、うったち川魚やろか」

唐突な安子の言葉に、節子はきょとんとして聞き返す。

「なんね、いきなり川魚って」

「川魚って、川でしか生ききらんちゃろ（生きられないんでしょ）？　中には帰ってくる魚もおろうけど、たいてい海には行かんちゃろ？」

「わからん、そげな難しい話はあんたの見合い相手に聞きぃ。さっ、そろそろ行くばい」

節子は忙しく安子にハンドバッグと靴を持たせ、またいつものごとく二人は鏡台の前。くるっと回って最終点検をし、夜遊びに繰り出すのだった。

病弱なのに、いったいその体力はどこからくるのか、安子の夜遊びは頻繁だ。寒い夜には、ひょっとこ踊りでもするかのようにスカーフを頭からかぶり、凍結した地面でもハイヒールの靴を履き、転びそうになりながらも遊びに行くのだ。

しかし、人生はそんな楽しいことばかりがいつまでも続くものではない。そろそろ夜遊びも終わりかなと感じ始めた頃、安子は見合い相手の家を訪問することになった。

その家は外科病院の隣にあり、玄関を入った右側は奥の病院へと繋がっている。見合い相手の息子と、母親とが出迎えてくれた。

安子がラクヲに持たされた土産を渡し、事前にラクヲに練習させられたお決まりの挨拶をすませると、奥の部屋に通された。ドアを開けると、急患があったのか、気難しそうな顔の外科医の父親が白衣のままでお茶を飲んでいる。安子は父親に挨拶をし、勧められるままにソファーに腰かけたが、自分が患者になったような気がしてなんだか落ち着かない。

母親がお茶を運んできて、息子が誰から聞いたのか、

「僕もね、小さい時から体が弱くて、口ばっかり、いらんこと言うけん、怒られると」

緊張している安子を気づかってか、他愛ないことから話し出す息子に安子は、

「うちは、小さい時からしょっちゅう、口から先に生まれてきたって言われたと。だけんこげな顔しとったと」

口と顎を突き出し、変な顔をしてみせた。それを見た息子は笑い、父親も母親も楽しそうに笑っていたが、安子はなんとなく、この家と縁づくことはないだろうと思った。寛次

も偏屈だが、ここの父親もそうとう偏屈そうだ。やかましい父親は寛治だけで充分だ。

家に戻ると安子は、思ったままを寛次に報告した。

「父ちゃまと同じくらい、偏屈そうやもん。うち病気ばっかりしたせいか、なんか、患者になったごたぁ気になるったい。それに、あっちから断ってくると思うよ。うち、変な顔見せてきたけん」

「どげな顔や？」

そう聞く寛次に、安子は口と顎を突き出し、目をぱちぱちさせて、今度は大袈裟にやってみせた。

「そら、断ってくるかもしれんな」

寛次は笑っていたが、嫁に出したいのか出したくないのか、胸中は複雑のようだった。

その後、安子はもう一人、今度は呉服屋の息子と見合いをさせられた。安子より三つほど年上の、色白でぽっちゃりした、まるで湯上りの赤ちゃんが着物を着てしゃべっているような感じの男だ。家業を継ぐのかなんなのか知らないが、よその呉服屋で働いて勉強中

だと言っている。見合いの間中、隣に座っている、その男にそっくりな母親の顔を見ては、

「ねえ、母ちゃま」

と言っていた。母親に何でも相談しないと気がすまないようだ。

安子は、前回の見合いよりさらに縁づくことは難しいと考え、例のごとく変な顔をしてみせたり、呉服の話になれば、

「いくら綺麗な着物を着てても、顔が負けとったら着物だけ歩きようごとなるやろね」

と、すまし顔で失礼なことを言い、相手を呆れさせていた。


安子が家に戻ると、玄関先で寛次とラクヲに見送られようとしているヒデオがいた。ヒデオは、福岡の市内で下宿をしながら建設専門学校に通っていた。日田に帰る途中に、久しぶりに顔を見せようと立ち寄っていたのだった。

安子の顔を見るなり、笑いだすヒデオに安子は少しほっとした。

「ヒデオは増々多感になって何を考えているのやら」

すみ子がそう嘆いていたと、ラクヲから聞かされていた。

ヒデオは一人で山登りに出掛けてくると言ったまま何日も帰らず、遭難しかけたことがあったらしい。運よく村の人に助けられたから良かったものの、いつか自分で自分を追いつめてしまうのではないか、失踪した実の父親に似たのではなかろうかと、ラクヲは心配していたところだった。

「安子、ちったぁ（少し）大きくなったな」

「ヒデちゃんもよかったね、ちったぁ背が伸んで」

ヒデオが何を考えていたのか、安子は聞きだしてみようかと思ったが、もし深刻な悩みを聞いたとして、自分には説得力がないと考え、当たり障りのないことから聞いてみた。

「ヒデちゃん、学校卒業したら建築の仕事すると？」

「だけん学校行きようったい。オレは学校出たら上京して、働きながらまた勉強せないかん。なんか当たり前のこと聞くな、安子。おもしろなかぞ」

「ふーん、そっか。なら頑張らんね」

心配して損したと言わんばかりの返事をする安子に、

「安子、あんまり夜遊びばっかり、すんなよ」

安子がいない間、最近のだいたいのことは笑い話のタネで寛次とラクヲが話していたのだろうと察しをつけた安子は、寛次とラクヲの顔を見た。二人ともともとぼけた顔で安子とヒデオの会話を聞いていた。

「じゃあな安子、おいしゃんもおばしゃんも元気にしちょって。節ちゃんにも、よろしゅうな」

帰っていくヒデオの後ろ姿を、三人はしばらく見送っていた。

ヒデオが思いつめていた具体的な悩みを寛次とラクヲも聞いていなかったが、ヒデオの明るい笑顔から何かを吹っ切った様子は伝わっていた。あの後ろ姿はやりたい事がある背中だから、とりあえずは大丈夫だろうと寛次とラクヲが話す横で、安子は思い出したように見合いの席での失言を二人に報告すると、自分だけそそくさと家の中に入っていった。

第四章

浅はか婚姻

そんな安子にも、とうとう気になる男ができた。

近所の同級生の家に遊びに行った際、そこにたまたま遊びに来ていた彼女の兄の友人を紹介された。安子より五つ年上のその男は、見た目も爽やか、中肉中背。派手ではないが、かといって地味でもない顔をしており、笑うとできるかたえくぼが安子の警戒心を拭い去った。名前を伸和《のぶかず》という。家は植木屋で、彼はその仕事を手伝っているらしい。今度ドライブに行こうと誘われた。

伸和と逢引の日、安子は節子についてきてもらいたかったが、節子は友達とさっさと博多に遊びに行ってしまった。

安子が家の手前まで迎えに来た車の助手席に乗ると、伸和は車を筑後川沿いに走らせながら、「自分は植木屋の次男で、しょっちゅうぼうっとしていて怒られている」といった調子で、自分のことをこと細かに話し出した。

安子も自分のことを話した。小さい時から病気ばかりしていたけれど、口ばっかりは達者でいらんことを言ってすぐ怒られたこと、ダンスホールでぶつかってくるカップルとケンカしたこと、寛次に叱られるたびに、でたらめな言い訳を並べて反抗したこと。

安子にとって、自分のことを解ってほしいと初めて思えた相手だった。筑後川の土手に車を停め、伸和も安子と同じく顔を合わせるのが恥ずかしいのか、二人とも川のほうばかりを見ながら、しゃべったり笑ったりした。

伸和に、「ほんと、ようしゃべりきるね」と言われ、今さらのように恥ずかしくなった安子は、気持ちをはぐらかそうにも例の変な顔を披露することができない。かといって沈黙になるのも避けたい。こんな気持ちにさせる男は、ダンスホールにも学校にも近所にもいない。見合い相手にも湧かなかった感情……。少し頼りなさそうなところもあるが、安子には特別に思えた。

これまで散々夜遊びをしてきた安子だったが、節子との約束を守り、夜、伸和と二人っきりで出かけることはしなかった。

異性にまったく興味がなかったわけではない。中学の頃、代用教員に淡い思いを抱いたこともあったが、それとは違い、「バイバイ」と言って家に帰ればまた会いたくなった。

安子は黒電話を睨んでいた。電話がかかってきたらどうしよう、伸和からの電話に寛次が出てしまったらどうしよう、寛次のことだから、

「は、安子？　そげな人間うちにはおりまっせん！」

きっと、そんなふうに冷たく言い放ち、切ってしまうことだろう。「リン」と鳴ろうものなら、電話まで寛次と競走の日々。会えない時のせつなさは募る一方だった。

そうやって付き合ううち、いよいよ伸和を寛次に合わせることにした。

予想通り、寛次はあまりいい顔はしなかった。いい顔をしないどころか、機嫌を損ねて口数も少ない。ラクヲはお茶を出したり引っこめたりと忙しく動きまわる合間に、気をまわして伸和に質問したり話しかけたりしていた。

夜遊びが続くよりはましだという思いもあり、結局寛次は、二人の交際を許すとは言わないまでも、許さないとも言わないのだった。


安子は舞い上がったまま、四月の初め、十七歳で植木屋の次男伸和との結婚を決めた。三カンの寛次は、もう安子の中には存在しない。誰の言うことを聞く気もなかった。

ふた隣の町に住んでいる夫となる伸和の家で、内々だけの結婚式を挙げた。仲人は伸和の親戚夫婦だ。植木屋の家らしく、庭の緑が手入れされている。空が曇っていたが、新緑に安子の白無垢が映えた。

ミトは安子の高島田や着物に触っては、安子の手を握り喜んでいたが、

「安子が、こげん大きなって、じいちゃまも喜びようばい。ばってん安子、うちの家は男運がなかけん、気をつけないかんぞ」

ミトの言葉に、うんうんと重たい頭を振り相槌をうっていた安子が止まったままになった。横にいたラクヲが、曇っているが雨が降らずによかったと、天気のことで何とか取り繕うとしていた。この男運がない話は前から度々ミトが口癖のように言っていたことで、今聞いたことではなかったのだが、安子の耳にはしっかり響いていた。

まさか安子が先に嫁いで行くとは思っていなかったのか、節子は複雑な表情で座っていた。寛次も付き合い笑いはするが、目が笑っていない。ラクヲも酒が入っている割にはいつものように笑わず、お酌をしてまわった。

結婚式が終わると、安子は植木屋の家に同居することになった。義父は早くに亡くなっていたが、義兄夫婦とその子ども一人と義母がいる。伸和も含め家族みんな、いっけん穏やかそうな顔も雰囲気もよく似ている。

家の敷地内に使っていない小さな離れがあるらしく、伸和はそこを改築して住もうと提案していたが、安子は、何も改築などしなくてもこれまで伸和が使っていた部屋に居ればいい、と言った。

二階にある伸和の部屋に、安子の荷物が届いた。寛次とはろくに話もしないまま、ラクヲと節子と笑い話をしながらまとめた荷物だ。嫁入り道具というほど立派なものではないが、あれもこれもとまとめているうちにすごい量になった。

その中から、いつの間にラクヲが入れたのか、白いエプロンと白い割烹着が出てきた。その白い割烹着を見て、安子はふいに不安になった。一瞬、なぜか今思い出さなくてもよさそうなことが頭をよぎる――。

その頃、実家では、ラクヲが家事に追われていた。寛次にもラクヲにも、娘が一人片付いたという安堵感はなかった。嫁いだのは何もできない安子だ。そのうち帰ってくるのはわかりきっている。舞い上がっている安子に、嫁に行けば家事をしなければならないんだぞ、ましてや植木屋の棟梁の家だ、大変なところへ嫁に行くんだぞと、いくら言っても聞こうともしない。夫になる伸和にも散々言った。安子は体が弱く甘やかして育てたわがまま娘だ、花嫁修業もろくにさせておらず何もできない、と。

ラクヲが居間にお茶を入れに行くと、寛次は火鉢に煙草の灰を落としていた。結婚は、安子が伸和と勝手にぽんぽん決めてきたようなもんだ。嫁に行く前は、安子の夜遊びがこのまま続き、いつか事故にあったり、また病気になるのではないかと心配しているよりは……との思いがあり、おせっかいな近所の者や遠縁の世話好き者が持ってきた見合いをさせたりもしていたが、まさか安子自ら結婚相手を見つけるとは、寛次にとっても予想外のことだった。

今となっては、あっちの家でどうしているかと気を揉むより、いっそ出戻って帰ってきたほうがましだと、寛次もラクヲも思っていた。

それでも、相手の家族も悪い人たちではない、きっと安子を可愛がってくれる。いくら安子でも、少しずつ慣れるだろう。とはいえ、安子の性格を考えれば、やはり結果はもう目に見えているようでもある。またラクヲにとっても、結婚式の何日か前から、寛次と安子がまともに口をきいていないことも気がかりだ。

寛次もラクヲも不安な顔でお茶をすすり、節子も出掛けた静かな居間には、柱時計の時報の音だけが鳴り響いていた。


翌朝、いつもならぐっすりと寝ているはずの時間に、襖の向こうから声をかけられた。

「安子ちゃん、起きてる?」

起こしにきた兄嫁の声だ。もう少し寝ていたいあまりに、安子は横に寝ている伸和を肘でつつくが、伸和は寝返りをうち向こうを向いてしまった。仕方なく、寝ぼけながら襖を開けると、

「朝の仕度、せないかんけんね。早う着替えて下りてきて」

慌てて着替えて下りていくと、すでに義母も起きて炊事場にいる。

「お、おはようございます」

もともと寝起きが悪い安子は、だるそうに朝の挨拶をした。

「安子ちゃん起きたね? 早う、家んこつ覚えたほうがよかろうけんね」

そう声をかけられ、ぼうっとしたまま返事をした。

返事をしたはいいが、何もしないで突っ立って見ていたらじゃまだったらしく、兄嫁から居間のちゃぶ台に運ぶよう皿を渡された。さすがの安子も黙って手伝った。

朝食が終わると、それぞれが自分の仕事にとりかかる。安子は義母から、来客用のお茶の用意をするよう言われた。料理ができなくても、お茶の出し方は小さいころからミトとラクヲに仕込まれていたから得意だ。お客が来たら、挨拶をしながらお茶を出し、お客が帰れば片付け、またお客が来て同じように挨拶をしてお茶を出し、帰ったら片付ける。その繰り返しだ。

午後になると、炊事場では夕飯にむけて野菜の皮むきや、出汁とりやらの下準備が始まる。何もできない安子は、義母と兄嫁が談笑しながら包丁を持ち、手際よく工程をこなしていくのを見ているだけだった。

一日が終わり、夫に「一日中手伝いが大変だった」と愚痴をこぼす。伸和はさらりと「したくなければしなくていい」と言うが、どうやらそんな愚痴は伸和にとっては予想通りだったらしく、軽く聞き流してその場を適当にしのげれば良いという態度は安子に伝わっていた。結婚する前とは随分勝手が違ってきていることを、安子は感じていた。

次の日も同じように起こされて、同じことを言いつけられた。その次の日も同じような一日だったが、植木の仕事に出ていた夫が夜になってもなかなか帰ってこず、やっと帰って来たのは明け方近くだった。

昼になり、義兄が裏の山に咲いている花を見せたいと言うので、安子はついていった。義兄は歩きながら、あの木がどうだ、あの花がどうだと説明してくれているが、安子にはどうでもいい話ばかりで、ふんふんと聞いているふりをする。義兄の話がひと通り済んだようなので、ところで昨日は伸和の帰りが遅かったがと話を持っていくと、

「知らんかったと、安子ちゃん。おなご（女）たい、おなご。あんやつ（あいつ）は前から癖がわりい。困ったもんやな、新婚ち、ゆうとに（新婚だっていうのに）」

安子は足が止まり、言葉が出ない。

そりゃ、伸和は自分より五つ上だし、これまで誰かと付き合ったこともあるだろう。そんなことは昔の寛次を見ていたからわかっているつもりだ。男の人が遊ぶのは仕方ない。でも、結婚してまだ四日目だ。ミトが言っていた言葉を思い出す。いくらなんでも……。

その日、仕事に行くと言ったきり、また伸和は戻らなかった。

安子は実家に帰りたくなったが、土地の言い伝えか風習か知らないが、嫁に行ったら一週間その家を出てはいけないと言われていた。

朝になると兄嫁が起こしに来たが、ゆうべはほとんど眠れず、頭が痛いから休みたいと言って下りていかなかった。昼、義兄が来て、ちょっとだけ畑を手伝ってほしいと言われ、仕方なく下りていく。用意してあった麦わら帽子をかぶり、モンペに長靴を履いて畑までついていった。

畑に行くと、夫以外の家族は全員畑に出ていた。近所の人か親戚のおばさんかといったような人たちも数人いる。みんなが安子を好奇の目で見ているのはわかった。畑仕事など、小さい時に寛次の横で手伝いもせずに遊んでいたくらいのもので、何をすればいいかわからない。義兄が説明してくれるがさっぱりわからず、安子の頭の中は混乱し始めていた。

なぜ、伸和が帰ってこないのかも、なぜ女癖が悪いことに気づかなかったのかも、なぜ一人で舞い上がってしまったのかもわからない。わかっているのは、自分が悪いにしろ誰が悪いにしろ、自分は何もできないということだ。ここに居られない。頭がこんがらがる。

瞼の裏に、白い割烹着が浮かぶ。長い髪、白い肌、紅い唇――。

安子は義兄に、

「うち、戻りますけん」

と言い、さっさと家に戻った。急いで着替えた安子は、財布を片手に玄関を開けて走り出した。

この感覚、あの日に似ている。校庭のど真ん中に肥桶を置いて逃げ帰ったあの日……。

安子は走りながらその事を思いだし、久しぶりに少しだけ笑いが込み上げてきた。バス停はもうすぐだ。ちょうど実家方面へ行くバスが停まりかけている。「待って、待って」と息を切らし、バスに飛び乗った。

うちの家は、男運がないと言っていたミトの言葉……。

一週間、居られなかった。

実家では、寛次もラクオも節子も、大して驚いた様子でもなかった。安子は自分の気持ちも、夫のことも、裏山や畑やお茶出しの繰り返しも、すべての説明と言い訳をし、そし

てラクヲの顔を見て、

「母ちゃまが荷物に入れとった白い割烹着で、思い出したったい」

「白い割烹着がなんね？」

ラクヲはきょとんとして聞き返した。

——それは、安子がまだ小学校の低学年の頃に、近所で起こった事件だった。

ヒサさんという女の人がいた。黒くて艶のある長い髪を一つに結び、それを肩から前に垂らしていた。色が白く、切れ長の目をした綺麗な人だ。安子は子供の頃、ラクヲが嫁に来る時に親戚のおばに持たされたという春画を、箪笥の奥から引っ張り出して見たことがあったが、それに描かれている女の人のようだと思っていた。赤い唇の両端を上げ、小さな安子たちに話しかけてくる。ヒサさんは関西のほうから嫁いで来たらしく、安子はその言葉の響きが好きで、オウム返しで答えていた。

「こんにちは。踊りのお稽古行ってはるの？」

「うん、行ってはるよ」

ふざけて返事をする安子にヒサさんは微笑みながら、

「気ぃつけて、いってらっしゃい」

と、優しく見送ってくれていた。

ヒサさんは、旦那さんと、旦那さんの両親と一緒に暮らしていたが、ある頃から近所で噂になった。ヒサさんの家から昼夜問わず夫婦ゲンカの声がし、悲鳴が聞こえるというのだ。ある時など、ヒサさんは小学校の鉄棒に一晩中縛りつけられていたらしい、と近所の大人たちが噂しているのを、安子は耳にした。

ヒサさんと旦那さんを、見かけることがあった。いつものように挨拶を二人ともしてくれたが、旦那さんの後ろを歩く色白のヒサさんが、目が虚ろになり青アザだらけで顔を腫らし、長い髪も着物の襟も乱れていた。

それからしばらくして、ヒサさんは服毒自殺をした。

旦那さんとは、親戚同士の結婚だったという。旦那さんはよそに女の人がいて、ヒサさんと別れたがっていたかどうかは知らないが、酒癖も悪く、ヒサさんの様子がおかしくなるまでいつも苦しめていたのだ。どっちにしろ、いつかは殺されたのだ。それを、同居していた両親は止められなかった。

ヒサさんの遺体は解剖されることになり、当時はこの町にそんな制度があったらしく、近所から代表で女何人かが解剖に立ち会うことになった。その中にラクヲが入っていた。白い割烹着を着て出かけていったラクヲは、今まで見たことのない悲しい表情で帰ってきて、晩ご飯を食べられなかった。

「あっちの家族はいい人たちばい。いろいろ気を遣ってくれたけど、旦那が女のとこへ行っとうって言われて、ようっと考えたら(よく考えたら)、旦那が帰ってきて夫婦ゲンカするようになってヒサさんのごとなったら、いくらよか人たちでっちゃね、止めきらんと思う。当たり前ばってん、うちの味方は誰もおらんとよ」

言い訳をしている安子を横目に、ラクヲはお茶をつぎながら、

「あんたが、なんでん我が好きなことして、のぼせてから、人振り回して、人の言うこと聞かんけん、そげんなるっちゃろうが。友達の家に泊まりに行くとは、わけが違うとよ。縁づくっち意味が、あんたはようっとわかっとらんとたい」

と言い、安子の前に湯呑みを置いた。ラクヲの説教を聞きながらお茶をすすっていると、電話が鳴った。寛次が出る。自分は出ないと、安子は寛次に手を横に振ってみせる。

電話は、やはり伸和からだった。伸和の次には義兄も電話口に出てきているようだ。

「今は、とにかく話しとうなかと言いよります」

相変わらずの突き放した言い方で、寛次は電話を切った。

「安子は、もうどこも行けけんたい。あげん、『うち結婚するけん』て、いらんこと自慢してまわりよったけん。ばってん、よかったたっちゃない、なんかしでかすより」

節子も、この家に安子がいない淋しさを感じていたのか、貶すはずの言葉もしまいには前向きにとれるよう気遣っているようだ。

「そうやろぅ」

節子の言葉に甘え、開き直りはじめる安子。

「あっ、そうそう。バスに乗るまで一生懸命走りよったら、肥だめ当番のこと思い出したったい」

いつもの調子が戻ってきた安子に寛次は、

「お前、今度は肥だめじゃのうて、旦那ば置いてきたったたい」

寛次の言葉にラクヲが笑い出し、みんなで腹を抱えて笑った。

その夜、安子は風呂から上がると、炊事場で一日の終わりの一杯を楽しんでいるラクヲに聞いてみた。

「母ちゃま、よう一人で嫁に来て、いろいろしきるごとなったね。敵とか味方とかいぅとおかしかばってん、一人ぼっちになったごたぁ気がせんかったと?」

「そりゃあ、いろいろあったたい。父ちゃまもばあちゃまも、あのとおり気難しかけん。ばってん、父ちゃまも遊びには行きよったけど、朝には帰ってきよったとよ。それに、誰かうちのこと悪う言いよったら（誰かが私の悪口を言ってたら）、やかまし怒りよったと。何よりの味方たい」

「なぁんの（なんだ）、結局、ケンカしようのに仲がいいったい」

「お見合いの時ちらっと見たばってん、結婚式終わるまでまともに顔見たこたぁなかったとよ。まともに見たら、昔はよか男やったたい」

二人で笑っていると、居間から寛次の声がする。

「ラクヲ、ラクヲ」

「はーい、いま行きます」

大きな声でラクヲは返事をし、安子に小声で、

「ほうら、昔のよか男がおらびよう（呼んでいる）」

そう言って、笑いながらラクヲは居間へと向かった。

安子はうらやましく思う一方で、寛次のやかましさを思えば、今さらながら自分はラクヲのようには尽くせないだろうと思った。それだけでなく、よその家に入ってみて気づかされたことがある。この家の台所の壁にも、婦人雑誌の切り抜きや、ラクヲが記した料理の作り方、栄養のメモなどが張り付いている。洗いかけの鍋や食器、古めかしい水屋。雑然としているが、ラクヲが時間とともに作った場所だ。

台所は女の城という言葉をきいてはいたが、この炊事場のように、あの家の炊事場は義母が作ってきた場所、そしてそれを継いで兄嫁が作り続けている場所だったのだ。

あとになって、伸和への怒りが込み上げてくるが、その怒りが女癖に対してのものなのか、何に対してのものなのかがわからないのだった。

それから毎日、伸和は言い訳をしに安子の元にやってきた。応援するように義兄も来て、どうか戻ってほしい、家も改築するよう準備を進めている、そして「親戚近所の手前もあるし」と言った。

安子は、義兄も寛次も、みんながいる前で伸和に言った。

「うちは、家やら畑やらどうでもよかと。ただあんたと一緒におりたかっただけやけん。あんたも聞いとったろうが、うちがなんもできんの。相談する人もどこ行ったかしらんけど帰ってこんし。それにあんたの家族のなかに、うち入りきらん。もうよか、帰れ！」

すごい剣幕で言う安子に伸和は悲しい表情をみせたが、また来ると言って帰っていった。

辛抱できない安子が悪いのか、建前や体裁を気にするのが普通の家だということを安子に教えていなかった自分たちが悪いのか、寛次は考えていたが、内心では安子が帰ってきてほっとしていた。

病弱な安子が結婚という熱にかかった。そこに肥だめ当番の一件に顕著な、自分の苦手なことを投げる性格が重なった。よそに行ってみれば安子もわかるだろうと、どこかで思っていた。自分の子だから、自分たちが育てた子だから、という思いが強かった。口ではやかましく言っているが、たとえ出戻りになったとしても、建前や体裁なんかより、安子も節子も傍に置いておきたいのが本音のようだった。

伸和の家に置いたままだった安子の荷物を、ラクヲが取りに行った。

ラクヲは沈んだ顔で帰ってきた。

「あんたの荷物、なんもなかったよ」

「なんでないとよ。荷物がどっか歩いていくじゃなし」

「多分、あんたの旦那さんが知っとろうて、向こうの人たちが言いよったけん」

後日、その荷物は伸和が質に入れていたことがわかり、義兄たちから急いで取り戻してもらった。その後も週に一度ほど伸和は言い訳をしに来たが、そのうち来なくなった。

とうとう安子は、五日間嫁いだ家には戻らなかった。

翌年の昭和二十八年六月、大洪水で家が浸かった。

梅雨時で当たり前のことではあったが、雨が止むことなく降り続き、いつもとは川の音が違うと筑後川の様子を見に行った寛次は、水位が高くなってきているから二階に上がれと、慌てて声を上げた。こんな激しい雨は、寛次に遺体の父親と幼い弟をつれて必死で帰ってきた時のことを思い出させた。

「安子、えきしぇる持ったつか（懐中電灯持ったのか）？」

「持ったたい」

それぞれがとりあえず、家の中にある飲み物、食べ物を集めて二階に上がると、家の向かいの役場に向かって寛次が叫ぶ。

「はよ消防ば出せ！　役場ん中でうろうろしとったっちゃ、わからんめぇもん（わからないだろう）！　はよう、そげんぼうっとしとらんで、なんか手ぇ打たんか！」

叩きつけるような雨音に負けまいと、一際大きな声を張り上げている寛次を横目に、

「そげん怒鳴って、やかまし言うたって、どげんもしようがなかとよ」

「ねぇ」と、ラクヲは小声で安子と節子に同意を求めた。

とうとう川の水は溢れ、この地方の家のほとんどが呑み込まれた。

一階は完全に水の中だ。段差の大きい階段は、八段あるうちの五段目と六段目の間まで水に浸かっていた。

安子の足元に置いた鍋の蓋が、足にあたったはずみで飛び、ポチャンと水の中に落ちた。その蓋を取ろうと、安子が階段に近寄っていたら後ろで、

「そげな鍋の蓋、どうでもよかろうが！」

寛次が怒鳴った。

外を見れば、どっちを向いても茶色い川で、家具や生活道具などさまざまのものが流れていた。ゴムボートに乗った消防団員が水をやかんに汲んで持ってきてくれるのを、二階の窓から手を伸ばして受け取り、ラクヲと寛次が七輪や火鉢を使ってなんとか米や野菜を炊き、食事をこしらえた。

二日後、ようやく水が引きだし、変わり果てた一階があらわになってくると、下へ降りた家族みんなが一斉に言葉を漏らした。

「うわぁ、しちゃかちゃ」

誰からともなく片付けだしていた。いろんなものが流れてしまっている。寛次とラクヲ

の結婚写真に家族写真、みんな流されていた。まだどこかに引っかかっているのではと安子と節子が探していると、寛次が、

「もう写真やら探さんでよか。人間が流されんでよかったたっちゃけん」

ラクヲも寛次の言葉に同調し、

「そうたい、流されんでよかったたい。ほらほら、あんたたちも片づけんね」

死者も多く出た災害だった。行方不明のままの人もいる。家が元に近い状態になるまで、一ヵ月以上はかかった。普段は何もしない安子も、さすがにみんなと一緒に家の中を片付けてまわった。

「肥だめ当番はいやでも、家の掃除はするったいね」

雑巾片手に、マスクをした節子が口を開けば、

「いやでも、さっさっとせな片付かんめぇもん」

同じく雑巾片手にマスクをした安子が、そう言い返す。

「安子は仕事しよるふりが、上手《うま》かとたい」

寛次も、横から口をはさむ。

「肥だめ当番より臭いとに拭きようとよ。話かけんで、忙しいとに」

安子は言い返しながら、あちこちの泥を取り除こうと手を動かしている。

「また大雨が降らんどけばいいけどね」

節子の言葉に、

「なんて、その口もこの雑巾で拭いてやろうか」

節子の顔の近くに雑巾を持っていく安子。

「じゃあ、こっちもたい」

安子の顔に雑巾を近づける節子。ふざけだしたところに、

「こら！　先さい進まんめぇが（先に進まないだろうが）！」

寛次の一言に、二人とも「はぁ」とため息をつき掃除に戻るが、臭いと大群の虫との格闘に、またしてもキャーキャーと騒ぎまくるのだった。

大の家事嫌いの安子は、これを機にしばらくは親子ゲンカをしながらも、ラクヲの手伝いをするようになった。

一方で安子は、伸和ともたまに会っていた。伸和の家は山の方にあったため、先の災害で家が浸かることもなく、家族も無事だった。水が引いた時は、安子の家を心配してかけつけてきてくれた。こんな男でも一緒にいたいと思った時期があり、安子も口だけで胸の内は未練たっぷりだった。

ならば一緒に住まないで、このままたまに会っていればいいかとも思ったが、長い時間一緒に居れば些細なことからケンカになり、苛立った安子は伸和が傷つくようなことを言いもする。伸和が言い返そうものなら、その倍は返してしまう。口から一度出た言葉は消せない。そんな自分の性格にも気づき、だんだんと伸和とも会わなくなり、やがて正式に離婚。浅はかな婚姻も流れていってしまったような感じだった。

第五章　泳いでみた東京

安子は二十歳を過ぎた頃から、雑誌で見る東京に行って働いてみたいと思うようになった。東京に行ったヒデオからは時々、ラクヲ宛に手紙が来ていた。

ヒデオは専門学校を卒業したあと上京し、建築の設計技師の仕事をしている。安子に東京に遊びに来いと、ついでのように手紙に書いてあった。安子の結婚式の時には、すみ子共々何かと忙しいと来ていなかった。元気そうにしていることは、たまにあるすみ子からの電話でわかっていた。ヒデオは冗談のつもりで、どうせ本当に東京には来られないだろうと思って手紙に書いたのかもしれないが、ヒデオが東京にいようがいまいが安子にとっては関係のないことだった。

だが、寛次に東京に行ってみたいと言えば、反対されるのはわかっている。出戻りは許されても、いまだに博多や天神でさえ、出かける時は寛次の許可がいる。それも言い訳をしてやっとだ。なのに「東京で働いてみたい」など、想像しただけでもとんでもない。

そんな折、寛次の知り合いのそうめん屋で人手が足りないと耳に挟んだ安子は、手伝いに行くことにした。麺を干したり切り揃えたり、単純な作業ではあったが、そこでもらう手伝い賃と、昼時に湯掻いてもらって食べるそうめんが、ラクヲに怒られそうだが家で食べるより美味いのだ。それを目当てに通った。手伝い賃を貯め、東京に行こうと考えていたのだ。

そうして通っていたある日、作業中に熱を出してしまった。その日は早退することにした。家に着いたころには顔がぱんぱんに腫れあがり、急いでいつもの医者に診てもらうと、腎臓を悪くしていると言われた。思い当たるふしは幾つかあった。節子と深夜まで話し込み夜食が病みつきになったこと、酒の味を少し覚えたこと……。

安子がおとなしく寝ていると、

「こげん、顔がお多福おかめになっとうが、腫れはひくかね」

寛次が医者に聞いている。瞼も腫れて目が開けづらい。久しぶりの熱で辛かったが、いつかと一緒で、いろんなことが安子の頭に浮かぶ。

……また東京が遠退《の》いた、お多福おかめになってしまったのでは、もう東京には行けない。この顔で行ったら、ヒデオに憎たらしい顔で笑われて馬鹿にされるだろう。それは悔しい。川魚は海に出てみようとしているのに、海どころか、むしろ流れに逆らって泳いでいるような気がしてきた。川にはお多福おかめのような魚、いたかな……。

どこから聞いてきたのか、ラクヲからスイカの種と何かを混ぜて煎じた、強烈に苦くあやしい色の液体を毎日飲まされた。それのおかげか何もせずにじっとしていたからか、熱は引き、とり憑かれたようなお多福おかめも、だんだんと元の顔に戻っていった。

それからしばらく経ったある日、いつものように出かけた節子は帰ってこなかった。

節子は、知り合いから天神にある洋裁店の手伝いを頼まれたからと、夕方早めに帰宅するのを条件に天神に頻繁に通うようになっていた。安子が色々とすったもんだしていても冷静にしているようだったが、節子には人に打ち明けられない、何かしらの事情があったことに安子は気づいていた。いつかのある晩、受話器を握りしめ、思いつめたように目を潤ませて小声で話していた節子の横顔は、女の顔だった。

寛次に内緒で、節子が手伝っている洋裁店に安子は尋ねて行ったが、もう何日も来ておらず、誰と付き合いがあったのかも分からないと言われた。ラクヲと安子は節子の友人に聞きまわったり、節子が行きそうな場所は久留米も天神も博多も、思いつきで捜したが、どこに誰と行ったのかわからない。途方に暮れるなか、節子からの電話は鳴った。

運よくラクヲが受話器をとった。

「そ、そうね、大丈夫ね、体気をつけんと、あ、あのね」

動揺しながら、何とか話を引き延ばそうとしているラクヲが持つ受話器を、寛次が取り上げ耳にあてようとしたら、既に電話は切れていた。

電話の内容は、元気にしている、そのうち帰るからもう少し待ってほしいというもので、節子の相手に妻子がいることは、この時知った。

それから何日か、寛次は電話の前で落ち着きがなく、「もう、知らん」と日に何度か口にして機嫌はかなり悪かったが、捜そうにも捜しようがない。「節子ももう大人だ。いやになれば帰ってくる」。そう腹をくくる寛次に、ラクヲと安子は、寛次の前ではなるべく節子の話はしないようにしていた。節子のいない家のなか、また柱時計の時報の音が響くのを今度は安子も感じとっていた。

そうめん屋の手伝いをしばらく続けていた安子だったが、人手が足りてきたように思えたため通うのをやめた。東京行きをあきらめたわけではなかったが、日が経つにつれ、ただでさえ節子がいなくなった家に寛次とラクヲの二人だけを残して出ていくのに気が引けてきた。東京に行って何をしたいわけでもない。このまま何も知らずにいたくないだけだ。だけど東京に行ったからといって、それっきり戻らないつもりでいるのでもない。

ここ何年かの間にテレビに洗濯機と冷蔵庫、三種の神器と言われる便利な物も家の中に増えた。それに寛次とラクヲも、口では「年を取った」だの「体のどこが痛い」だの二人で病気の自慢と天気の話ばかりをしているが、まだまだ元気そうだ。結局、都合のいいように自分に言って聞かせ、五年越しの夢の東京行きを実行することに決めた。

ラクヲには言っておいた。寛次には自分が東京に着くまで言わないでくれと、口止めをした。

朝早く、前の日にまとめた赤いボストンバッグを持ち、そうっと玄関を開けたところで、ラクヲが起きてきた。東京駅にラクヲの伯父が迎えに立っている、何かわからないことがあったらその人を頼りなさいと、小声で言って、安子の手に小さなメモを握らせた。安子はその手を握りしめたまま、「いってきます」と小声で返す。

「気をつけな、いかんよ」

ラクヲは心配そうな表情で、安子を見送った。

寛次に書き置きも残さず、ラクヲに助けてもらっての家出だった。

昭和三十七年。オリンピックまであと二年という年の東京に、列車で半日以上かけて安子は東京駅に着いた。

行き交う人の多さに戸惑いながら、駅員に道を尋ねようかどうか迷っているところに、鼻の下の髯がぴんと伸びているおじいさんが声をかけてきた。

「安子ちゃんかい？　ラクヲの子だろ」

ラクヲが言っていた、安子にとっては大伯父にあたる人だ。ラクヲからの電話で、小柄だから赤い大きなボストンバッグが目立つだろうと聞いていた大伯父は、すぐに安子がわかったようだ。

大伯父は、息子さんの運転する車で安子を迎えに来ていた。お抱え運転手のように後部座席のドアを開けて「どうぞ」という息子さんに安子は恐縮しながら、大伯父とともに乗り込んだ。

初めて見る東京。宣伝用のポスターが貼られた看板がやたら大きく、人と車だらけだ。路面電車が走っているあたりは博多と一緒だ。

「安子ちゃん、あそこ見てごらん」

隣の大伯父が、指さした先に赤い鉄塔の東京タワーが見えていた。

息子さんは気を遣ってくれているようで、車の速度がゆっくりになった。

「うわぁー、えらい（すごく）大きかねぇ」

と安子は声をだし、両手を合わせて拝むしぐさをした。大伯父は笑いだし、運転中の息子さんも背中を震わせて笑っていた。

店屋が軒を並べる大通りから路地に入り、緩やかな坂道を上ったところに大伯父の家はあった。垣根越しの隣の家の距離が近いから、田畑を挟む田舎と違い、町内の回覧板の回しが早く便利そうだと安子は思った。

年配のお手伝いさんかと思ったが、大伯父の奥さんがエプロン姿で、にこやかに玄関先で出迎えてくれた。入れ替わるように、息子さんは仕事に戻らなければいけないと、いなくなった。

「狭い家だが、ゆっくりしてくれ」

と家の中に通された。

食卓テーブルを囲み、ごちそうになりながら、どこに行きたいかと大伯父に聞かれた安子は、すぐにでも働き場所を見つけたいと答えた。

ところが、大伯父はラクヲから事情を聞いていたらしく、

「東京見物をしたら帰りなさい、東京に長く居てはいけない」

と言う。

安子は急に不安になった。大伯父の気にさわるような失礼なことを口にしたか、いや今のとこ大丈夫だ。食事中の行儀が悪いのか、いやそれも疲れと初対面の遠慮とが重なり、目の前に出されたご飯と吸い物以外、おかずにはほとんど箸を付けずにいる。なるだけボロがでないように気を遣っているつもりだ。大伯父はなにが気に入らないのだろうと思いながら、それでも、どうしても働きたいと安子が頑固に言うと、しばらく考えてからどこかに電話をかけ始めた。

電話が済むと、突然、「夜の店でいいかと」と聞く。安子にはなんの店かわからず、

「何を売る店ですか？」

と聞き返し、笑われた。

「あっそれと、ヒデオにも連絡しておいたから、都合の良い日に顔を見せるだろう。あれも所帯を持ってなにかと忙しいんだろ」

ヒデオが結婚したことは、安子は手紙で知っていた。その時ラクヲと一緒に「あのヒデちゃんがねぇ」と驚いたものだった。

「そうみたいですね、手紙に書いてありました」

東京にはヒデオがいたことを改めて思い出した安子は、少しだけ心強い気持ちになった。ヒデオは、大伯父のことも苦手としているらしく、しばらくこの家に来たことはないらしい。安子には察しがついていた。

この大伯父も、きっと偏屈でやかまし者だ。明治生まれの特徴の一つなのか、寛容なところと厳格なところの落差が激しく、これぐらいのことでと思うようなことも急に怒りだしたりしそうで、妙に寛次と似たところがある。筑後から遥か離れた東京に来たというの

に、どこに行っても寛次に見張られているような気がしていた。

次の日、安子が大伯父に連れられるままにやって来たのは、銀座七丁目。空を見上げたら、大きな蓋つきのお椀の形をした看板が目についた。大伯父は、安心できる馴染みの店だと言って店の扉を開けた。

店に入ると、華やかな着物を着た女の人や蝶ネクタイ姿のボーイさんがいる。シャンデリアやグラス、鏡、お酒のボトル、椅子、テーブル。灰皿までもがキラキラ光って見える。

店の真ん中に、穏やかに微笑む丸顔の女の人がいた。このお店のママらしい。

「博多から？」

そう聞かれ、「は、はい」と緊張気味に答える安子に、隣に座っている大伯父がいろいろと事情を説明してくれている。

安子は、手仕事でも立ち仕事でも働きたいと自分で言っておきながら、まさか銀座のクラブに連れてこられるとは夢にも思わず、驚いていた。

水商売の仕事だったら途中で辞めることになっても、大伯父にとっては紹介した責任を

感じることはないのだろう。そう安子が思っていると、

「ここは、安子ちゃんに凄く勉強になる場所だよ。礼儀と知識、大人になるには、いろいろとな」

大伯父はそう言うと、ママが作った水割りを軽く口にした。

ママが言うには、「綺麗にしとけば、気取る必要なし」とのことだ。すぐに働けるかと聞かれ「はい」と答える。安子が着る物を用意していないとわかると、ママが渋めの黒の着物を用意してきた。店の奥にある更衣室で安子は自分で着付けをし、髪を簡単にひとつにまとめ、夜の店に初めて立った。

最初は見ているように言われた。

方言が出るのが恥ずかしく、挨拶だけはして、あとは黙って笑って相槌だけで済ませた。東京に来て急に無口になり、安子にはそれがかえって気疲れとなった。

夜はホテルに泊まる気でいたのに、

「どんなに遅くなっても絶対に家に帰ってきなさい」

と、大伯父と奥さんに強く言われ、店が終わると世田谷の大伯父の家までママにタクシー

で送ってもらった。

翌日、安子は大きな蓋つきのお椀の看板を目印に、ママに言われた時刻に銀座の店に行くと、すぐに美容室に連れて行かれた。髪をセットしてもらい、着物はまたママが何枚も用意していた。ママとは寸法がほぼ一緒だったようで、草履も借りて、またお店に戻る。

店で働いている女の人たちは、貫禄のあるお姉さんと呼べるような人から、安子と同年代の人までいる。みんな思ったより親切で、化粧の仕方から肌の手入れまでいろいろと教えてくれた。またお多福おかめになりはしないかと、酒を怖がる安子が「あまりアルコールは飲めない」と言うと、形だけでいいと言ってくれ、薄く色がついた程度の水割りが作られた。そして相変わらず、相槌だけ打ってすましている。

しかし、わからない話の時は黙っていられたが、わかる話になると口を出したくて仕方がない。口を開けば、「博多弁」と言うより「筑後弁《ちっこ》」が出そうになる。お客に故郷はどこかと聞かれる。九州の田舎だと答えると、「九州のどこね」と九州出身のお客に聞かれ、安子は「福岡の山ん中たい」と言って、案の定笑われてしまった。

店が終わると、安子は蓋つきのお椀の看板を見上げてから店を出る。

タクシーで送ってもらい、大伯父の家に帰るが深夜ということもあり、あらかじめ教えてもらっていた勝手口から家の中に入る。炊事場を抜け、用意してもらった部屋へ行こうとすると「お帰りなさい」と声がした。奥さんが起きていたのだ。

「ただいま帰りました」

「慣れないお仕事で疲れたでしょう、お風呂に入ってらっしゃい」

そう言われ、安子は一刻も早く寝たかったが、風呂をもらい、深夜にもかかわらず食事の用意までしてもらった。

大伯父はすでに隠居の身で、互いに気を遣わないでいいよう、息子夫婦とは別居しているそうだ。この家には大伯父と奥さんの二人で暮らしている。銀座のお店には、大伯父はたまに夫婦で食事に出掛けたついでに奥さんも連れて遊びに行くのだそうだ。安子がお店に慣れてきたころに遊びに行かせてもらうと奥さんは言ってくれてはいるが、

「じゃあ、いつになるか……」

安子が自信なさげに言うと、大丈夫だと奥さんは優しい笑顔で励ました。

枕が変わっても疲れているせいか、ぐっすり眠れた。

朝になると、今までのように昼まで寝ているのはあんまりだろうと、安子は「ここは自分の家じゃなかよ。ここは東京ばい」と自分に言い聞かせて早めに起きた。

ところが朝は起こさないように気を遣ってくれたのか、すでにお昼ご飯を朝食代わりに用意してくれていた。深夜に帰ってくるだけでも迷惑だろうに、こんなにしてもらったのでは、いくら親戚でも厚かましすぎると思った安子が「今夜は知り合いのところに泊まります」と言うと、大伯父は「だめだ」と言う。奥さんからも「いいじゃない、気にしない気にしない。楽しいから居て」と言われ、そのまま甘えさせてもらうことになった。

東京での慣れない暮らしに慌ただしい日々を送りながらも、寛次とラクヲのことはいつも頭の隅から離れなかった。今頃ラクヲが寛次に責められているのではないか……。それでも、今帰れば「五日だけ嫁入りした時と同じばい」と言われるのが悔しかった。

今日も言われた時刻に店まで行き、ママに美容室に連れて行ってもらう。髪をときながしてセットしてもらい、着物を借りて、お店では誰がつけたのか「高峰」という名前で呼ばれていた。

お客はママの客がほとんどで、貫禄のあるお姉さんのお客もちらほらいた。安子はまだ勝手がわからず、ママとボーイに言われるままに接客していた。方言が出ないように意識をすると緊張する。別に福岡が恥ずかしいわけではないが、耳に入ってくる会話がラジオドラマや映画でしか聞いたことのない「標準語」だ。ここに博多弁以上に強烈な筑後弁を混ぜるとどうなることか、と勝手に想像してぼんやりしていると、

「この子、高峰って言います。よろしくね。福岡から来たのよ」

と、ママが横からさらっと紹介して去っていった。

安子が東京へ向かった朝。ラクヲは寛次の朝食を片付けながら、安子が今朝、どうしても東京にいってみると言ってさっさと行ってしまったと、寛次の顔色を窺いながら話した。ラクヲは「東京の伯父に頼んでおいたから」と言い添え、わざと明るく、

「我が気が済んだら帰ってきますけん、ほっときまっしょ。行かな気が済まんとでしょう、のぼせもんやけん」

ラクヲの、分かりきったことと言わんばかりの口調に、寛次も気持ちが落ち着いたのか、

「迷惑かけなぁ、いいばってんな」

と言った。

ラクヲの伯父は、自分に似て気難しく偏屈だというのは寛次も知っている。その伯父の家に世話になると聞いて、尚更よけいな事を言ったりしたりするのではないかと寛次は思ったが、安子も、もう大人だ、何かあれば、また早々と退散して戻ってくるだろうと、柱時計を見つめていた。

店の中では、そろそろしゃべれない自分に疲れてきた安子に、ママが声をかけていた。

「安子ちゃん、自分を抑えていたら駄目。方言でしゃべっていいから」

安子はそれでもなかなか話せないでいる。そんな安子にママの客が気を遣って、福岡出身のお客を連れてきた。客に気を遣わせるホステスなんて聞いたことがないが、東京にも人情があるものだ。

そのお客に、「福岡のどこね?」と聞かれ、「筑後」と答えると、

「難しかろ、方言。俺も慣れるまで自分の言いたいこと、我慢する時もあったばい」

と話し出した。その言葉が嬉しく、安子はそれでも気取ったつもりで、

「本当に？」

と、標準語でぎこちなく言うと、「なんかおかしかよ」と笑われた。

「そうやろ、うちもおかしいと思いよるもん。いざちなったら標準語にするとは難しかね。おおごとたい（大変だ）」

福岡出身の客が安子の言葉を他の客に説明していた。安子はこれと似た状況を思い出した。戦後の出来事だ。米兵の横で何か言っていた人……通訳だ。

「うち、米兵じゃなかよ！」

それを聞いた客が笑い出し、違うテーブルの客まで笑っていた。


いつからか、店に入る時と帰る時、蓋つきのお椀の形をした看板を見上げるのが安子の日課になっていた。看板を見上げていると、こんな大きなお椀じゃなくていいが、ラクヲの作るみそ汁が飲みたくなった。

店が休みの日は、安子は家事を手伝ったりしながら大伯父と奥さんと一緒に過ごしてい

た。大伯父は東京生まれだが、日田のじいちゃまとは従兄弟になる。先祖の墓が日田にあるため、昔は休暇を日田で過ごしていたらしい。

ラクヲの子供の頃を大伯父はよく覚えていた。ラクヲはおてんばで勝気でおしゃべりだったらしく、「安子のちんぷんかんぷんなところはラクヲ似だ」と言われた。安子は、ラクヲとすみ子以外の人からラクヲの幼い頃の話を聞くのは初めてだった。

「ラクヲは黙っているとしおらしいお嬢さんにみえたが、一度笑いだすと止まらない癖がある。自分の母親が亡くなった時も親戚みんなの前でわざと笑い、陰で泣いていた」

そう話す大伯父に、ラクヲの笑いが止まらないのは今もだと安子が言うと、「そうか、今もか」と大伯父は笑った。

そのラクヲからちょくちょく電話があることを安子は知らされた。安子が迷惑をかけてないか、至らないことをしてないか、体を壊してないか。おそらくその隣では、受話器に耳を押し当てて寛次が聞いていることだろうと安子には想像がついていた。

そんな日々のとある昼、仕事の都合がついたとヒデオが突然やって来た。ヒデオは大伯父たちに挨拶をすると、安子との久しぶりの再会に喜ぶ間もなく、ちょっと出掛けようと言いだした。東京見物にでも連れてってくれるのかと、安子は慌てて仕度をして外に出た。

「うわっ！　ヒデちゃんの車？」

寝起きから間があまりなかった安子には、ヒデオの丸い黄色の車が眩しすぎた。

「いいから、早く乗って」

せかすヒデオはすでに運転席で待っている。少し戸惑いながら、安子は助手席に乗った。

車を発進させながら、ヒデオは話しだした。

上京してからのことや、日本を離れてしばらくはブラジルにある港で工場施設の設計をしていたこと、これからまだまだ勉強して一級建築士の資格を取るつもりでいること……。標準語を使いこなし、流暢にぺらぺらとしゃべるヒデオの話を安子は黙って聞いていたが、七三分けの髪型、背広にネクタイをした大人のヒデオを見慣れていないせいもあり、笑うのを我慢していた。

「ヒデちゃん、えらい（すごく）垢抜けて、立派になって、昔が嘘みたい」

そう自分で発した言葉に安子は、ケラケラと笑いだした。

「なんがおかしいとか？」

「いや、見慣れとらんけんよ。すっかり、よかふり男。東京に馴染んどうよ」

「そっかぁ、それはいいけど、腹減った。何か食事しよう」

どうやら、ヒデオは仕事にまた戻らなければいけないようだ。ここで安子が期待した東京見物の予定はなくなり、どこかの洒落たレストランにでも連れてってくれるのかと期待したが、てっとり早いとばかりに道路沿いの脇にヒデオは車を停めた。

看板に『うどん』の文字が見えてがっかりする安子に、ヒデオは時間がないから早くとせかす。安子は、じゃあ、わざわざ来なければいいのにと文句を言いながら車を降り、ヒデオのあとについて行き、うどん屋の暖簾をくぐった。

昼時の混雑も一段落し始めている店内。空いていた四人掛けのテーブルに向かい合って座ると、店員がお冷を二つ持ってきた。そのついでにさっさと注文するヒデオに、安子はまかせていた。

「おじさんもおばさんも元気にしてるか？」

寛次とラクヲのことを「おいしゃんとおばしゃん」と呼んでいたのに、「おじさんとおばさん」に変わっている。安子にはよそよそしく聞こえた。

「元気にしとうよ。あっそれよか、ご結婚おめでとうございます」

思い出したようにかしこまって、頭だけお辞儀を軽くする安子に、ヒデオは「どういたしまして」と少し照れていた。

なれそめを聞こうとした安子に、どうして離婚したのかと逆にヒデオから聞かれた。

「なんで、うちの失敗から先に言わないかんとよ。いろいろあったたい！　ヒデちゃんには分からんよ」

どうせ大方のことはラクヲやすみ子から聞いているのだろうと思い、ふてくされ気味に答えた。

「安子は自分のことばっかりで、一生懸命、人を愛することを知らないんだよ」

急に説教じみたことを言い出したヒデオに、段々と安子はイライラしてきていた。

東京で何かやりたい事があったのかと続けて聞くヒデオに、手紙に遊びに来いと書いていたくせに忘れたのかと、わざと責めかけようとしたら、うどんが運ばれてきた。

うどんを見るなり安子は、

「なんこれ、うどん？　えらい黒かね」

「いいから、黙って食べろ」

ヒデオは小声でたしなめ、黙々と麺をすすり始めた。

うどんを食べ始めた安子は、出汁がきいてなくて醤油の味ばっかり、それに麺が固すぎる、せっかくならそば屋に行きたかったと文句を言い出し、箸をどんぶりの上に置いた。

「安子は相変わらずだな。福岡と違うのは当たり前のことだよ。ここに居るってことは、順応していかなければいけないんだ」

ヒデオは箸でうどんをすくい上げる度に、説教を一言述べては口に入れる。いつから口うるさい小姑みたいになったんだと安子は思い、

「もういいや、うち夕方から用事があるけん、タクシーで帰る。財布持ってきてるから大丈夫。ごちそうさまでした」

早口で言ったあと、安子は席を立って店の外へ飛び出して行った。

表に出てすぐタクシーを拾った安子は、ここはどこだろうと思いながら大伯父の家の住所を運転手に告げた。うどんがどうのこうのというより、ヒデオが間違ったことを言って

いないことを安子は分かっているのだが、子供の頃の面影をわざと隠しているようで、腹が空いているより腹が立つほうが先になってしまった。

車の渋滞もあったせいか、行きの景色と違っていて何だか不安だったが、見覚えのある景色が見えてきた。もうすぐ大伯父の家に到着するだろうと安心していたら運転手が、

「お客さん、後ろから黄色の車がずっとつけてきているよ。知り合い？」

安子は「えっ？」と後ろを見た。ヒデオの車だった。

大伯父の家の前に到着すると、ヒデオの車も後ろに停まった。タクシー料金を払い終えると、運転手から「大丈夫かい？」と心配された。「変な人に見えますけど、知り合いだから大丈夫です」と笑いながら答える安子に運転手も笑った。

安子がタクシーから降りたとたん、ヒデオも車から降りてきて「安子」と呼び止めた。

「もう、なんしようと。タクシー代損したやんね」

振り向きざまに文句を言う安子に、

「こっちだって、うどん代損したぞ」

「ヒデちゃんが、ぐじゅぐじゅ説教するけんやろ！」

「何が説教だ！　当たり前のことを言ってやってるのに」

「はぁ？　言ってやってる？　大きなお世話たい！　だいたいヒデちゃん、あんた昔からおかしいよ、愛だの心だのって。九州の者がそげな恥ずかしかこと簡単に言わんとよ！あー恥ずかしか、気持ち悪かったい！」

「安子、なんち（なんて）言いぐさか。何が気持ち悪かか！」

ヒデオは安子につられて、方言で言い返していた。

「あー気持ち悪か、悪か」

「お前たち、うるさいぞ！　なに大声でケンカしてるんだ！　近所迷惑だぞ」

大伯父が心配して家の中から出てきた。

ヒデオは腕時計をチラッと見ると、仕事に戻らなければいけないと焦りだす。

「いいから、行きなさい。安子ちゃんも早く家に入りなさい」

大伯父の仲裁で安子とヒデオのケンカは中断されたが、ヒデオが車に乗って走り去ろうとした時、目を合わせた安子とヒデオは、声を出さずに「バーカ、バーカ」と口だけ動かして、子供の頃と変わらない言い合いを繰り返していた。

うどん屋からの経緯を、鼻息荒く話す安子に、

「ほう、ヒデオもいっちょまえに、いい格好見せたかったんだろう」

幾つになっても男はそういうところがあるものだと、大伯父は安子に言って聞かせた。

「うどん屋で格好つけんでもよかろうに。あー、よかふり男ね」

安子がそう言うと、

「そうそう、よかふり男たい。ヒデオも安子ちゃんも、まだまだ鼻たれ小僧たい」

大伯父は安子を真似たように言い、自分でも可笑しかったらしく、豪快に笑った。

やがて店にも少しずつ慣れていき、客から「高峰ちゃん、方言をしゃべってくれ」とリクエストされるようになった。ある客など、「こんな場合はなんて言うの」と聞いては笑う。標準語は使わないのかと聞かれ、

「『だってさ』とか『いいじゃん』とか、よう言いきらんもん。自分が気持ち悪くなる」

「じゃあ、なんて言うの」

安子がおもしろいことを言うのではと期待する客に、

「『ばってんくさ』とか『よかっちゃない』とか言うの」

しゃべれば笑ってくれる。もう標準語に筑後弁を混ぜて話すことにも慣れていた。

東京で、何かをしたかったわけじゃない。しかし、こんな暮らしに慣れてくると、何かが違うような気がしてきた。元来飽きやすい性格なことは、自分でもわかっている。そしてただそれのみならず、ママや店の女の子、お客、大伯父、奥さん、ヒデオは別として、みんなの優しさに自分のいいかげんさが後ろめたくなったのでもあった。

うじうじ考えても仕方ない。まだ何を見たわけではないけれど、嫁入りした時よりは長続きしたし、このへんでそろそろと思い、安子は筑後に帰ることにした。

店を辞めると決めて、安子はママに「帰ります」と報告した。たいして店の売り上げになっていない存在だったのに、ママは残念がってくれた。店で働くのは安子が東京で目的を見つけた時か筑後に帰るまでというのが、大伯父との約束だったことを話してくれた。

都会は、冷たく陰険な人たちばかりと覚悟してきた。だが、大伯父のおかげもあり東京で出会った人は優しい人ばかりで、自分がいかに甘やかされ、守られているかを知った。本当の東京はこんなものではないと思うものの、わざわざ自分から厳しいほうへ飛び込む勇気もない。

大伯父も、

「無理せず、帰りたいなら帰ったほうがいい。妻とまた二人になって寂しくなるが、また遊びに来てくれ」

と言ってくれた。

期間は短かったが、ママから給料をもらい、他人とは思えなかったと、餞別に洋服や寛次とラクヲへの土産まで持たせてくれた。安子の性格を知ってか知らずか、安子が寄り道をせずに真っすぐ帰らざるを得なくなるような、たくさんの土産だ。お礼を言い、また遊びに来ると約束して店を出ると、いつも見上げていた大きな蓋つきのお椀に向かって「またね」とつぶやいて、その場を去った。

明日帰るという日に荷物をまとめていると、ヒデオがやって来た。安子が帰ることを大伯父から知らされたのだ。

安子はまだ当分は東京にいるとヒデオは思っていたらしく、そのうち東京見物に付き合ってやろうと思っていたようだ。

「もうよかよ、ヒデちゃん。何だかんだで、うちなりにおもしろかったけん。ありがとう」

「せっかく久しぶりだったのに、ケンカしかしとらんな……」

この前会った時と違い、しみじみとなるヒデオに安子は気持ち悪いからやめろと言いかけてやめた。また「気持ち悪い」に過剰に反応され、どうのこうのでケンカになりそうだ。

「ヒデちゃん、メソメソしたら青鼻出るよ。鬼瓦の型押しにくるたい」

「それ、おじさんとおばさんがよく言ってたな。もう青鼻しばらく出とらんぞ」

安子がした寛次とラクヲの真似をみて、ヒデオは懐かしそうな表情を浮かべ、安子と笑い合った。

「おじさんとおばさんに、よろしく言っといてくれ」

「ヒデちゃんも、一級建築士の資格頑張らんね。そのうちいっぱい奢ってもらうけんね」

玄関先でヒデオを見送る安子の後ろで、「仲直りしたみたいで、よかった」と大伯父と奥さんが微笑んでいた。

帰りは早かった。

大伯父に飛行機の乗り方を教えてもらい、生まれて初めて飛行機に乗った。飛行機の窓から遥か下の町を見ながら、安子は思った。結局、東京見物しなかったな、また来たいな、来れたらいいな、海は大きいな……羨ましくもなんともないけどヒデちゃんはすごいな、色んな人がいてみんな頑張って泳いでいてすごいな、根性悪い川魚は海に出てみたけど、海が広すぎて泳げなかった、根性なしやったな……。

途中伊丹で乗り換えて、福岡に着いた。そのまま素直に家に帰り、深呼吸をして玄関を開けると、久しぶりの家の匂いとともにラクヲが飛び出してきた。

「父ちゃま、怒っとろう？」

「そげん怒っとらんよ。日が経っとうけん、ま、おおかたあきれとうたい。それよりあんた、立派に垢抜けて帰ってきたね」

「よかろう、この服もらったとよ。東京の人たちに可愛がってもろたばい。あっそうそう、会ったよヒデちゃん」

「ヒデオ、元気にしとったね？　あんたたちまたケンカしとらんやろうね？」

「元気やったよ、よろしく言っといてって。最後は仲直りして帰ってきたけん大丈夫。ヒデちゃんこそ立派に垢抜けしとったよ」

「そうね、ヒデオがね」

ラクヲがしみじみとしている間に、安子は「父ちゃま、帰ってきたけん」と大きな声で、まるで「ちょっとそこまで行ってきた」というような調子で平然と家に上り、大伯父とママに持たせてもらったたくさんの土産をラクヲに渡し、寛次の顔色を窺がった。

寛次はいつもと変わらず機嫌が悪そうだ。少し見ないうちに、眉間のシワがよけいに深くなったようで、よりいっそう気難しそうに見えた。安子はいつものごとく言い訳から入ろうかと思ったが、さすがに長旅で疲れ、言い訳をする元気がない。

ラクヲに、伯父は元気だったかと聞かれ、

「元気やったよ。奥さんにもようしてもろたよ」

「よかったたい。伯父さんも気難しかろが。あんたが、いらんこと言うとらんか心配やった。行儀悪いち、怒られんやったね？」

「うーん、行儀は大丈夫やった。ときどき機嫌悪かったことあったみたいやけど、うちは気にせんかったけん。大伯父さんも奥さんも、もう呆れとったみたい。うちがしゃべると、すぐ笑いよったけん」

「伯父さん、相変わらず髭あったね?」

「髭、あったよ。いつ見ても、どげな時でっちゃ(どんな時でも)ぴんとしちょったよ」

安子の話にラクヲは笑うが、寛次は黙ったままだ。安子は荷物を片付け始め、ラクヲは中断していた家事に戻った。

寛次はタバコに火をつけ、ため息と同時に煙を吐き出した。

安子はラクヲと一緒に洗濯物を取り込みながら、節子のことを聞いた。節子からかかってきた電話で一方的に、心配しないで、一緒にいる男の人は奥さんとは離婚してるから、と聞かされているだけのようだ。

「節ちゃんのことやけん、大丈夫よ。うちのごと(私のように)いらんことせんけん」

と言うと、ラクヲは、

「あんたはうちに似たとかいな(似たのだろうか)。よう知らんけど、ちんぷんかんぷんやけん」

「それ、東京の大伯父さんからも言われた」

二人で笑っていると、また居間から「ラクヲ、ラクヲ」と寛次の呼ぶ声がして、ラクヲは「はい、はい」と大きな声で返事をしながら寛次のもとへ急いだ。

ろくに口もきかなかった寛次だったが、そこはさすがに親子というもので、安子が使いを頼まれれば普通の会話に戻り、安子の土産の茶色いベレー帽が寛次のお気に入りとなった。


それから少しして、隣の家のミトが寝付いたと聞いた。随分前に寛次と隣の弟がケンカしてから、気を遣うのかミトはめったに来なくなり、安子も「うちの家は男運が悪い」という話を聞いた結婚式以来で、隣に居るというのに疎遠になっていた。

安子はミトの枕元に行き、「ばあちゃま、ばあちゃま」とミトの手を握って呼んだ。

ミトは消え入りそうな声で、「安子か？　安子……」と言って手を握り返してきた。

「ばあちゃま、そうよ、安子よ」

そう答えると、ミトはゆっくりと顔を横に動かした。ミトの見えない視線をたどれば、そこには三味線があった。安子は、じいちゃまが亡くなってからは弾くことはなかっただろう三味線を、じっと見つめた。

昔は口ゲンカばかりしていた安子とミトだったが、安子は女としてのミトに憧れと尊敬の念を抱いていた。

ミトも元来わがままな性格で世間知らずだったが、たとえ冷淡に見られようとも人に執着せず、老いても不自由さを理由に頼ろうとはしない強さを持ち、一方では戦争中のもんぺと防空壕を強烈に嫌い、家族を困らせたりもした。だがその気持ちは子供の安子にもなんとなく理解できていた。

ミトの自分で髪を結い上げる時の後ろ姿や、優雅に煙管《きせる》を吸う姿が安子は好きだった。そして何より、じいちゃまと二人、何かの人形のように仲良く並んで晩酌をする。そんなゆるい流れにたゆたっているような生き方が、愛おしく思えた。

「ばあちゃまは、けっして男運は悪くなかったとよ」

安子は、本当はそう言いたかった。でも、この瞬間に過去形で言ってしまうことへの怖さがあり、違うことを問いかけていた。

「ばあちゃま、三味線ね。じいちゃまやろ」

ミトはわずかに頷いた。その目にはきっと、楽しかった時が映し出されているのだろう。穏やかな顔をしている。

これが、ミトと安子の最後の会話だった。

第六章　回り道

安子は、しばらくは家にいた。節子がいないのは寂しかったが、寛次とラクヲの会話とケンカはテレビを見るよりおもしろい。お互いに同じことを何回も言っているのに、

「そん話はもう聞いたたい」

と、どちらかが言って、

「そげんこつなか（そんなことない）」

と、ケンカになる。その繰り返し。そのくせ寛次は、「ラクヲ、ラクヲ」と、たいしたことでもないのにことあるごとにラクヲを呼ぶ。ラクヲがいなければ、だめなのだ。

寛次とラクヲがまだまだ元気なのが安子にとっては嬉しかったが、一方で安子の悪い虫がまたうずき始めていた。何かをしたかったわけではないが、この辺ではその「何か」すら探せないのでは、という思いが強かった。そして例のごとく、反対されるのはわかっていながら、今度は博多に行くことを密かに決めていた。

博多なら、いつでも帰ってこられるだろう。でも今度は「行ってみる」だけじゃだめだ。そう決めて、ある朝、寛次にもラクヲにも何も告げずに家を出た。もう家出娘という歳ではない。安子の二十代も終わろうとしていた。

昭和四十年。安子は博多の歓楽街、中洲に着くとすぐに仕事を探した。

アパートを借りるお金の用意すらないままで出てきた。住み込みか寮があるところを探し、やはり夜の仕事に決めた。大きくも小さくもない中間くらいのクラブの店だ。貸し衣装を揃えてあり、洋服も和服も好きなものを選ぶことができた。寮は店の目と鼻の先にあった。共同の便所と風呂で不便さを感じたが、四畳半ほどの一人の部屋に見た目も小奇麗なアパートだったため気にしないようにした。

安子はさっそく更衣室に入り、薄青く灰色にも見えるような地味目の和服を選び、整理棚に置いてある真新しい襦袢と足袋を引きだして準備をしていた。鏡の前で自分の姿を確かめ、今後も和服で通そうと決めたところに、女が三人入ってきた。

どこの世界にもいるであろう、一人はベテランらしくこの店の、狭い世界の女王様という感じの女だ。大げさにカールした髪型、細くつり上がった意地悪そうな眉、舞台に立つかのような化粧、自信たっぷりの真っ赤な口紅とドレスがそれを物語っている。

あとの二人は、体格のいい用心棒のような召使い一号と、地味に見えて痩せている召使い二号というような感じだ。その二人のうち召使い二号は、アパートの隣の部屋の女だった。先ほど部屋を見に行ったとき、出会ったばかりだった。

その召使い二号から、この店には狭い世界の女王様がいることを安子は事前に聞いていた。女王様とは衣裳が似てはいけないらしく、できるだけ自分が何を着るのか女王様に窺いをたて、客に関しては絶対に女王様の客を奪ってはいけない。店が終わったあとも、その日の気分で行動する女王様について行かなればいけない日が時々あるとか、おもな注点は教えてくれたが、その時、召使い二号はよほどうっぷんが溜まっているのか、安子の耳には女王様に対しての悪口にも聞こえていた。いずれにせよ、厄介な存在がいることを安子は知らされていた。

「安子です。よろしくお願いします」

源氏名は使わないと決めていた安子は、女王様に挨拶をした。着物を着ることを告げると、安子が地味目の着物を選んでいることに安心したのか女王様はニヤリとしながら、「よろしくね」と余裕ある挨拶をし、化粧直しをしようと一番大きな鏡の前に陣取った。

召使い二号は、横縦大きな体格の召使い一号の後ろに隠れ、一瞬、安子と目が合うと、まわりに気づかれないように小さく微笑んだ。

着付けをすませた安子は髪を近くの美容室でセットしてもらい、店に出る。

ボーイの言われるままに客につき、話をしながら酒の相手をする。仕事の内容は銀座と一緒で、女王様たちの他にもいろんな女たちが店にいるのだが、何かが違う。方言で緊張する必要もないのもあるが、どこか退屈なのだ。

そのうち、女王様と一緒に客につかなければいけない順番が回ってきた。初めて来店した一見の客だから常連になってもらえるように接客しろと、ボーイの指示があった。

店内の照明が薄暗いせいか、女王様の派手さは丁度よく見え、客の前だとしおらしい声と話し方、色気のあるしぐさが妙に映える。飲みものを持ってこいとか、腹が空いたから何か買って来いとかの、先ほどの召使いたちに対する裏での態度とは真逆のことに、安子は半分感心して観察していたら、ふいをつかれるように、この仕事は初めてなのかと客から話をふられた。

「はい、いえ、あの……遠くで少しの間だけ」

「遠くって、中洲じゃないなら大阪ね？」

「あっ、いえ、東京の方で。でも、ほんのちょっとお世話になっただけですから」

曖昧に返そうとしても、なおしつこく聞いてくる客は、

「ああ、そうか銀座やろ。そうね銀座ね、どの辺やった？」

客は、自分も東京に出張したときは銀座に行くことがあるのだと話しだした。安子がどこにいたのか興味があるようで聞きだそうとしているが、その客を挟んで座っている女王様の目が安子を睨みつけ、機嫌がだんだん悪くなっていくのを安子はいち早く察知した。

新聞の記事にあった景気の話にでもすり替えようと考えたが、そんな話題を持ち出せば、頭が良いと見せたいのかと、また反感を買いそうだ。ここはおとなしく黙って愛想笑いで通していたが、女王様はすでに対抗心に火がついていた。

「あたしもねぇ、大阪には行ったことがあるとよ」

客は女王様の話には興味はないようで「そうね」と一言返し、それ以上は話の幅を広げようとしなかった。それがよけいに気にくわなかった女王様はさらに機嫌をそこねた。

「東京の銀座とか、そんな大都会に行ってきんしゃった人がねぇ。中洲のこんな店に来んでも、銀座におんしゃったら（いたら）いいのにねぇ」

嫌味たっぷりの女王様は、とってつけたような博多弁で安子を攻撃してきた。

安子は女王様を睨み返すだけで、言い返すことを抑えた。心の中では、

「はい、はい、中洲のネオンと張り合ったほうがいいようなあんたと、張り合う気なんかありませんよ。何日か働いてお金が貯まれば、こんな店すぐ辞めますから。一人でぷんぷん張り合って、この客もあんたのものにして下さい」

そう言いたいが、我慢をした。なぜなら召使い二号から、女王様は九州のまだ南の方の出身で戦後、博多にやって来たこと。少女の頃からいろんな店で働き、人に虐められたり騙されたり逃げられたりして、ものすごく苦労したすえにこの店で、やっと今の自分の地位を築いたのだと聞いていた。そんなよくある苦労話など知りたくもないと思った安子だったが、田舎者だと馬鹿にされたくない女王様の気持ちはなんとなく分かった。

東京にもいろんな人がいたように、博多も九州のあちこちから人が集まり、それぞれ事情がある人ばかり。海千山千のなか、自分もその一人なのだ。気を張ることが悪いことではないが、張りすぎると意地が出る。良い方に意地が出ればいいが、悪い方に出ると意地悪になるものだと安子は思い知った。

ボーイが気を利かせてか、安子に他の客のところへつくように指示してきた。

「ごゆっくり、失礼します」

安子は客に挨拶をし、その場を離れようとしたが、客は安子に続くように「帰る」と席を立った。また女王様の顔色が変わるのに気づきながら、安子は他の客についた。


店が終わり、アパートに戻って寝る準備をしていると、ドアをノックする音がした。誰か予想はつくが、安子は「はい」とドア越しに返事をした。「あたし、あたし」と声がする。ドアを開けると、頬が赤らみ酔っている召使い二号がふらつきながら立っていた。

召使い二号は、しーっと細い人差し指を口元にあて、「内緒ね」と素早く部屋の中に入ってきた。女王様に強い酒を付合わされたらしく、女王様が安子の悪口を延々と言っていたから教えにきたのだと言いながら、女王様が客に相手にされなかった様子が遠くで見ていて面白かったと、今日のことをケラケラ笑いだした。

「だいたい、あん人は、新しい女ん子はみんな気に入らんと。あん人のせいで今まで何人辞めたことか。自分が一番なんよ、あん人が一人では店は回らんとにね。うちも近くにおると嫌になる時があるったい、でもね……」

召使い二号は、やっぱり愚痴を言いだした。安子が、そんなに嫌になるぐらいまでどうして女王様の傍にいるのかと聞くと、気が弱いのもあるが、女王様は金持ちの客を持っているからチップをはずんでもらえる時があるのだという。なるべく田舎に仕送りするために稼ぎたいらしい。召使い二号もここに身を置くのはお金が貯まるまでと決めていたはずだったが、女王様の飲み食い代やその他もろもろの立て替えで、催促もしにくく、なかなかお金が貯まらないそうだ。しゃべるだけしゃべった召使い二号は、「疲れた」と自分の部屋へ戻った。

次の日、更衣室で昨日と同じように準備をしていると、女王様が召使い一号と二号を従えて入ってきた。今日も同じ着物を着ることを安子が告げると、昨日の一件がなかったかのように女王様は笑顔で返してきた。

何を企んでいるのかと安子は不気味に感じたが、女王様の歳は自分より五つは上だろうから、そこは大人なのだと思うことにした。女王様と一緒に客につく時は細心の注意をはらい、一日をやり過ごしていこう。でも、こんなに気を使ってまで、という思いはある。腹の底にやかんがあり、ふつふつと湯が沸くような気持ちにもなっていた。

このまま何事もなくと、願ってみてもそうはいかない。また女王様と一緒に女王様の指名客につく役目が回ってきて、安子は気を付けてなるだけしゃべらずにいたが、

「この子、東京の銀座にいたことがあるとってよ。何か気取っとうでしょう」

女王様は酔ったふりなのか酔っているのか分からないが、何かにつけ客との会話のなかに安子への嫌味を大声で挟んでくるのだ。地獄の時間が早く通り過ぎろと安子は願いながら、ボーイの指示が待ち遠しくなるようになっていた。

そして次の日、安子が着ようとしているいつもの着物に、醤油や口紅のシミにハイヒールで踏んづけた跡が付いていた。

嫌がらせをした着物を安子が見つける様子を見ながら、大きな鏡の前に陣取っていた女王様と召使い一号は、ヒソヒソ話をしながらクスクス笑い合っている。

「安子ちゃん、それ着らんと？」

女王様は、わざとらしく声をかけた。

安子は女王様と召使い一号を睨みつけ、少し離れた位置にいる召使い二号に目をやった。召使い二号は下を向いたまま、安子と目を合わせようとはしない。安子は嫌がらせされた着物を持って更衣室を飛び出した。

事務所にいる支配人のもとへ向かった安子は、嫌がらせされた着物を支配人に広げて見せ、店を辞めると告げた。

支配人は少しだけ待ってくれと慌てて椅子から立ち上がり、ちょうど良かったと床に乱雑に置いてある紙袋から、仕入れたばかりだと言う新品のドレスを取り出した。

新品のドレスは赤、白、黒と三着あった。どれでも好きなドレスを着ていいから、今晩だけは我慢して店に出てくれと頼み込んできた。流行風邪で休みが相次ぎ、ホステスの数が足りずに困っているのだと眉間にシワを寄せた。次の仕事先を紹介することと、今晩限りを条件に安子は承知することにした。

安子は更衣室へは戻らず、事務室の部屋で黒いドレスに着替え、店に出る準備をした。急きょ特別に用意された鏡の前で化粧をし終え、髪をとかしていると、支配人がノックをして入ってきた。黒地に銀色の刺繍が入ったドレス姿の安子を見るなり、

「よう似合うとんしゃあ（よく似合ってらっしゃる）」

と、支配人はおだてた。

「そげん、おだてんでも、よかですよ。ちゃんと今から店に出ますけん」

安子はふてくされ気味に返してから、事務所の扉を開けて出ていった。

店に出てくるのをボーイは待っていたかのように、誰の客でもない、わりと新しい客のところへすぐに安子を案内した。店内のテーブルは満席になっていた。背中合わせで、後ろのテーブルには女王様たちがすでに接客をしていた。安子は、女王様たちと目を合わせることなく客の隣に座った。女王様たちは安子に気付き、安子が着ている新品のドレスのことでも言いたいのか、客の前でも、わざと大きな声でヒソヒソ話をしだした。

気にしないようにしようと安子は知らん顔をして、隣に座っている客の話に集中することにしたが、客はもうかなり酔いがまわっており、何を言っているのか今一つ聞きとれない。「はい？　え？」と聞き返すと、客はとたんに機嫌が悪くなる。この客は酒癖が悪いというボーイの忠告を、安子は嫌がらせのことに気をとられるあまり聞き逃していた。

安子が店を辞めると分かってのことか、ここは特別扱いにはならなかった。鼻息あらく文句を言いだす客に、後ろから声がするのは陰口だ。もはや横にも後ろにも敵がいる状態。

安子はうんざりして、耳をほじるしぐさをしながら、

「はぁーっ」

と、大きなため息をついた。

「なんな、姉ちゃんその態度。あんた仕事しよらんとな。こっちは金出したとうとに、なぁもならんな（何にもならないな）、あんた」

安子は憎たらしさでいっぱいになり、テーブルにあるウイスキーをボトルごと手に取った。口の中いっぱいにウイスキーを流し込み、席から立ち上がると、そのまま客を見下ろして怒鳴った。

「しぇからしか（うるさい）！　いつまってん（いつまでも）くだらん、ケツの穴の小さかこと、聞いとらるうか！　耳が腐るかと思ったばい！　ねちねち言いやがって！」

安子の腹の底でとっくに沸騰していたやかんから、たぎり湯が溢れだしていた。

難癖をつけていた客はおとなしくなり、呆気にとられて安子を見上げていた。ガヤガヤしていた店内は静まり、軽快なジャズの音楽だけが響く。異様な空気を放ってしまった安

子に視線は集中した。

「ああもうやっとられん！　うちこげなこつしよる場合じゃなか！　もうやめるったい！わかったか！　つまらんおっちゃん！」

なおも止まらない安子は後ろに向きを変えると、今度は女王様の耳元までサッと顔を近づけて、おもいっきり一言だけを張り上げた。

「いち、抜けたぁ！」

女王様も安子を見上げたまま呆気にとられ、引きつった表情へとみるみる変わった。腹に据えかねていたことを並べてやろうかとも思った安子だが、客の視線が集まるなか、女王様が対抗して浅ましいところを見せないことは分かっていた。腹のたつこと何もかもを集約した結果の一言だった。


安子は店を飛び出した。客に言われた「なぁもならんな」が耳に残っていた。自分は家を飛び出しても何もできない、働いてみてもなんにもなれない駄目人間なのだと言い当てられたような気がした。自分の咲呵が心に痛い。自分自身にも苛立っていた。

事務所の扉の前で、追いかけてきた召使い二号が店を辞めるのかと、しょんぼりとした顔で聞いてきた。

「短い間、いろいろお世話になりました」

安子は、かるくお辞儀をした。

「何かと、ごめんね……」

言いづらそうにする召使い二号。何を謝りたいのかは察しがついていた。

「安子ちゃんは強くてよかなぁ、うちもあんなふうに言ってみたかよ。に、抜けたって」

そう言って召使い二号は、さらに沈んだ表情をした。

「強くなんてなかよ、辛抱しきらんちゃけん、あんたの方がよっぽど強かよ。ここは、うちのおるとこじゃなか。それに、今日の分の日給は損したばい。あーあ」

うなだれるしぐさをして笑う安子に、召使い二号も笑顔になった。互いに「元気で」と言い合い、召使い二号は店へと戻っていった。

事務所の扉を開けると、支配人も誰もいなかった。安子は「今のうちに」と急いで着替えを済ませたが、急ぐほどにさっきのウイスキーの酔いがまわってきていた。

荷物をまとめようとアパートへ行くと、入り口で店の経営者の男に呼び止められた。坊ちゃんふうな男の子がそのまま中年になったような、インチキくさい笑顔で話しかけてきた。客に怒鳴り散らした一件は店の隅で覗いていたようで、すでに知っていた。安子は、この店は自分に向いてないから別の仕事を探すことにしたと、はっきり言った。

すると経営者は、支配人から話を聞いていたと給料袋を安子の手に渡すと、約束通り次の仕事先にこれから案内すると言う。もしも如何わしい店とかだったらどうしようと、安子は少しだけ怖くなったが、ついて行ってみることにした。

意外と早歩きの経営者の後ろを歩く安子は、酔いのせいもあり足が疲れていた。置いて行かれまいと、顔も足もムキになってついて行く。中洲の狭い裏通りを過ぎたところで、経営者が後ろを振り向き、「腹が空いとらんね？」と聞いてきた。

安子の顔は、ムキになったままだった。

「よし、そこの屋台でラーメン食べて行こう」

安子は、経営者に見られないように顔をしかめた。どうせ食べさせてくれるなら、うどんが食べたいと言いたいが、贅沢は言えない。

屋台の暖簾をくぐり、経営者はラーメンと熱燗を注文した。中途半端な時間帯、他に客は見当たらない。酒をすすめられ、もうすでに酔っているからと安子は断った。

そんなに店は嫌だったかと経営者が質問してきた。安子は今更ながらと思いつつ、

「はい、どこでもあんなベテランの人がいることは分かっとうとですけど、女王様らしく余裕があればいいのに、あんな余裕のない腐れ女王様がいる店は嫌です。まぁ、お客さんを持っているから大事な人なんでしょうけど。有象無象のなかに混ぜてもろて、たいへん勉強になりました」

安子は、経営者の顔色など気にもせず淡々と答え、目の前のカウンターからタイミングよく出来上がったラーメンを自分の手もとに運んだ。

「やっぱり、あんた相当口が悪かばってん、おもしろか。それによう計算しとるな」

「計算？　そりゃぁ、うちも、おなごですけん。ばってんうちは頭悪かですよ。ただ、ホステスは向かんってことは分かりました」

と、安子が言うと、

「水商売とは、よう言うたもんやな。この中洲も、どんどん変わってきよる。昔はここも

田んぼがあったとに、うちの店がなくなるのも、そう遠くないことたい。店の女ん子たちは、どげんするやろな（どうするかな）」

弱音混じりのことを経営者は語りだしたが、そんなこと知るかと言わんばかりの無表情でラーメンを食べる安子を見て笑いだした。

「まぁ、飲まんね」

と、酒をすすめてくる経営者。

「いらないです」

安子が断れば、

「いや、飲まんね」

その繰り返しになった。

「いらん！　そげん飲んだら、お多福おかめになると！」

「何ね？　お多福おかめって」

「話したら、なごうなります。ラーメンが伸びますばい」

ラーメンに集中したいがため言い放ったことに、経営者は安子を益々おもしろがった。

屋台をあとにする頃にはすっかり酔いもさめていた安子は、「タクシーに乗せろよ」と不満に思いながら、経営者の後ろをついて行く。

中洲のある大通りを隔て、しばらく進むと赤い橋が見えてきた。その下を那珂川が流れている。橋の上は賑やかで、化粧をした女たちがさまざまな装いに身を包み、さまざまな思いを抱いて立っていた。橋の向こうには、提灯や色とりどりの弱弱しい小さなネオン、ぽつぽつと遊郭の名残らしき店がある。華やかな中洲の町とは違い、昔は賑わっていた花町のあやしさと儚さの雰囲気の跡が、どこか懐かしい。子供の頃に家によく来ていたオコシおばしゃんもこんな町にいたのかもしれないと思いながら、安子は歩いた。

さらに少し行き、路地に入り込んだ先にその店はあった。

看板に「按摩、マッサージ」と書いてある。中に入ると、白く狭いベッドが三つ並べてあり、そのひとつには客が寝ている。白衣を着た従業員が客の肩や背中を揉んでいた。安子は子どもの頃から按摩や指圧をとっていたから、すぐにわかった。

奥から、眼鏡をかけた優しそうな「おじさん」という感じの人が出てきて、クラブの経営者と話し始めた。「おじさん」は先生で、マッサージ店の経営者だった。

先生は安子を見て、

「この仕事は、ものすご、きつかよ。見たとこ体がこまんか（小さい）が、力がいるとばい。甘か仕事じゃなかよ。大丈夫ね？」

と言う。安子はすぐに返事をした。

「はい、よろしくおねがいします」

「それじゃ、まずは、そこの空いとうベッドに横になって、自分が揉まれてごらん。それから勉強たい」

促されるまま緊張気味の安子がベッドに横になると、先生が安子の肩に手を添え、かるく指圧しだした。だいぶ肩がこっていると言う先生に、

「そりゃ、うちの店で気つかってしもたけんね」

横で見ていたクラブの経営者が、冗談交じりに口をはさんだ。

「そろそろ行くけん。仕事頑張りんしゃいよ」

そう言って店を出て行こうとするクラブの経営者に、安子は横になったまま「ごちそう

さまでした。おつかれさまでした」と答えた。

先生は手をゆるめず安子の肩の指圧を続けた。肩のこりがやわらいでいく感覚は、子どもの頃とってもらった按摩のおじいさんのことを思い出すとともに、実家のことも思い出していた。

何も言わないで家を出たきり、ずっと気になっていたが電話もかけていない。安子は起き上がってこのことを先生にうちあけると、一度実家に帰って出直してきたいとお願いをした。先生は、そのほうが良いと快く聞き入れてくれた。


なんて言おうか、こっそり帰ってラクヲだけに会ってこようか……。迷っているうちに、安子は家に着いた。結局、勢いで玄関を開けて上がっていった。

ラクヲはどこかに出かけているらしく、寛次一人が居間にいる。

「ただいま」

寛次は黙っている。

「母ちゃまは？」

「おらん」

即答された。そして、

「何しげ帰ってきたか（なぜ帰ってきたのか）」

寛次は相変わらず元気だと、安子はどこか安心しながら言い訳を答えだした。

「行く前、言ってこんやったけん。あっちで仕事見つけたけん。言うたら父ちゃま反対しとったやろ。だけん言わんかったたい」

「お前がことやけん、また長続きしやせん」

「ばってん、ここにおったちゃ、なんもできんやん。このまんま年取るだけやんね」

「ここでこのまま、年取るとが悪いち言いよるとか。ここで年取った俺を馬鹿にしとうとか、お前は」

「誰もそげなこつ言いよるっちゃなか(言っているのではない)。このまんま何もせんやったら、うち父ちゃまのおる限り、何もできんごとなるとよ」

「俺に、早う死ねち、言いよるとか。親にそげなこつ言うとか」

「誰もそげなこと言いよらん。もうよか！　話にならんけん！」

「我が（自分）勝手にすりゃよかたい！」

寛次は怒鳴り、安子も安子で、

「ふん、我が勝手にするけん。それを言いに来たったい」

と言い切って玄関に向かうと、ちょうどラクヲが帰ってきた。

「あんた、帰ってきたとね」

ラクヲは二人の顔を見比べ、すぐにケンカしたことを察した。

「仕事、何とかなりそうやけん。それだけ言いに来たっちゃけど、もう行くね」

そう言って玄関の戸を開けようとした安子に、ラクヲは小声で聞く。

「お金、持っとうとね？」

安子が黙ったまま頷いて戸を開け出ようとした時、

「体、壊さんごとせんといかんよ。何かあったら電話せな。父ちゃまとなんて言うてケンカしたか知らんけど、あんたのこと一番心配しとるとよ」

ラクヲの言葉に安子は振り向くことができなかった。今振り向くと、泣いてしまいそうだった。

背中を向けたままラクヲに、

「行くけん」

と言い、なんの仕事をするのかも話さずに家を出た。

寛次とケンカになるのはわかっていた。今度もまた、そのうち投げ出して帰ってくると思われたくなくて、言い訳をしに帰ったようなものだ。悔しい。悔しくてたまらない。


晴れない思いを抱えたまま、安子はマッサージ店に住み込んで働き始めた。店には数十人の従業員がいる。そのうち女四人は安子と同じ住み込みで、この店の三階に住まわせてもらっていた。時間制限のある仕事なため、みんなそれぞれが忙しく、他人のことなどいちいち干渉する暇がない。何より住み込みの部屋が間借りではなく、一部屋ずつあるので気を遣わなくていいのが快適だった。

安子は、先生からマッサージの基本を習って手を慣らした。先生やベテランのマッサージ師の助手になるまでは段階があり、許可をもらうためには学ばなければいけない。揉み方、指圧、仕上げ……。お小遣い目当てで親にする肩たたきとは訳が違う。

その合間に、掃除や使いの雑用がある。習いの時間は、先生やベテランが仕事を終えた深夜や明け方になることが多い。最初のうちは手が痛くなり、先生の奥さんが作ってくれるご飯を食べようとすると、箸を持つ指先から肘までがガタガタ震えて食べられない。親指が腫れて曲げられないほどだった。問題は続けられるかどうかだった。たまに若い人が入ってはくるが、この見習い期間のような時期に大抵は辞めていった。

安子は毎日、先生の手、親指の使い方、肘の使い方、ポンポンとリズムよく叩く仕上げの仕方を見て、根気よく練習を続けた。

ある日、先生の指導のもと、店の近所の馴染み客にマッサージをさせてもらうと、「うまい」と褒められた。何より嬉しかったのは、その時ちょうど居合わせた、トモさんと呼ばれているベテランのマッサージ師に言われたことだった。

「よう、頑張ったたい。仕上げの音がよか音になってきた」

めったに人を褒めないトモさんが褒めたと、その場にいた誰もが驚いた。

トモさんは、店のなかでは一番の古株で不愛想だ。手厳しいことを言ったりもするから、周りから煙たがられもしていた。安子も挨拶するだけで近寄りがたく、まともに話したことはなかったが、そのトモさんに褒められたことで少しだけ自信をつけた。

それからは先生やベテランのマッサージ師に「安子」と呼び捨てにされるようになり、ビジネスホテルや旅館、店で助手を任せてもらえるようになった。雑用は減ったが、あっちのベテランに、こっちのベテランにと一緒について行くのが忙しくなった。

とりわけトモさんについて行く時は、ためになった。店のなかとは違い、トモさんはどんな客でも話を合わせ、ちゃんと手も動かしていて客受けがいい。裏表が激しいと言えば、あの女王様を思い出すが、それとは裏表の種類が違っていた。

「安子、仕事以外いらん気を遣うな。気疲れは一番力が減る。気を遣うのは客の前だけでよかと」

言われてみればそうだと思える理由を、トモさんは安子に教えた。

時には世間話を挟みながらの仕事だ。客にはいろんな人がいる。真面目なことや悲しい話をする客もいれば、仕事や家庭に疲れすぎて悩んでいる客もいる。

人の胸のなかや、腹の底にもある「こり」を聞いたり言葉で揉みほぐすことも、必要な時があるということを、安子は学んでいたのだった。

安子は仕事の合間に、時々、近くの那珂川を眺めていた。筑後川に比べると随分汚れ、ごみも浮いているが、夜になればネオンや店の灯りが水面に歪んで映る。向こう側の中洲のネオンも映っている。まるで川が夜化粧したように見える。

タバコ屋にある赤い公衆電話を、安子はしばらく見つめてから受話器をとった。もう一年以上連絡せずにいる。寛次と激しく言い合いのケンカをしていても、時間が経つにつれ悔しい気持ちは薄らいでいた。

実家の電話番号を回す指が重たい。数回呼び出したのち、

「もしもし」

久しぶりに聞くラクヲの声だ。

「母ちゃま」

「安子！　安子、元気ね、どこね、何しようとね」

矢継ぎ早に聞かれる。

「そこに父ちゃま、おるっちゃろ」

「今おらんよ、出かけとるけん」

「元気しとるならよかったたい。うちも元気で仕事しよるよ。ちゃんと長続きしよるけん」

「あんた、何の仕事しよるとね。体は大丈夫ね、病気してないね」

「マッサージ……按摩みたいなもんで、人の体、揉ませてもらいよる。先生から教わって、勉強して、練習して、やっと覚えようとこたい」

「そうね、ちゃんと仕事しよるとたいね」

節子から連絡があったかと聞くと、ラクヲは言いよどみながらも、節子はすでに二児の母親になっており、苦労はあるが丈夫な子どもに育てているようだ、と。そして、どうやら博多にいるらしいが詳しい場所は知らされていない、と言った。安子も、節子はひょっとして、同じ博多にいるのではないかと考えたことがあった。さらにラクヲが話すには、節子は夫と一緒に二人の幼い子を連れて実家に帰ってきたことがあったらしいが、寛次が許すわけもなく、気まずいまま帰っていったそうだ。

ラクヲの話に、安子は「そうね」としか言葉が浮かばず、自分のことを聞いてみた。

「父ちゃま、うちのことえらい怒っとろう」

ラクヲは笑いながら、

「最近は何も言いよらんよ。相変わらずたい。あんたが東京に行ったとき、土産にもろたベレー帽ば、しんぷに（しょっちゅう）かぶって、自転車乗って出かけようたい」

受話器の向こうから、柱時計の懐かしい時報の音が聞こえた。安子は寂しさで胸がいっぱいになった。十円玉がなくなり、ラクヲの声と「ブー」という音が同時に聞こえた。

「ごめん。十円玉がなくなったけん、また連絡する」

そう言って、安子は受話器を置いた。

ラクヲの、電話になるとよそ行きになる声が耳に残っていた。

会いたくなったが、まだ帰るわけにはいかない。安子はまた那珂川を眺めていた。

第七章　うちの卵

もう四年近く経っていた。安子は筑後川の土手にいた。
向こう岸の自分の生まれた家を見つめながら、帰れずにいた。

与えられる仕事にも慣れ、何の変哲もない毎日に不意を突かれたような出会いだった。機械関係の小さな会社を経営している柿崎という男と安子は知り合った。ホステスをしていた頃の、あのクラブの経営者にマッサージの客として紹介されたのが始まりだった。安子より十五も年上で、日本全国あちこちを仕事で行っているらしく、海外にも詳しかった。話の世界は広く、安子の知らない店や行ったこともないようなところにも連れて行ってくれた。

最初のうちは、「食事に行きましょう」と誘われるたびに断っていた。遊び慣れた男が、冗談で誘っているのだと安子は思っていた。だが、マッサージが終わると決まり文句のように誘ってくる。

予約でいっぱいの忙しい日だった。

「じゃあ、行きましょう」

と、マッサージ店の近くの喫茶店で待ち合わせをした。

安子には行く気などなく、すっぽかして店で仕事を続けていた。待ちぼうけをくらった柿崎は、マッサージ店に戻ってきて、安子の仕事が終わるまで待つと言い出した。安子は呆れて、コーヒーだけなら今度は本当に行くと、次の日の約束をした。

約束通り、待ち合わせの喫茶店に安子が遅れて行くと、柿崎は窓際のテーブル席でコーヒーを飲みながら、ペンを持って紙になにやら描いていた。向かいあって安子が座ると、柿崎は嬉しそうにコーヒーを注文しようとしたが、安子は「クリームソーダ」と自分で早々に注文をした。柿崎の手もとには、船の絵が描かれている紙ナプキンがあった。滲んでいるが細やかな幾つもの線で描いてある、よれよれの帆のある船だ。安子を待っている間に描いたのだった。

「へぇー上手ですね」

安子がそっけなく答えてみせても、今度、面白いところに行こうと柿崎は懲りずに次の約束をこじつけてきた。目の前のクリームソーダを味わいながら安子は少し考え、ちょうど次の日が休みだったため、

「じゃあ、今から」

と、連れて行ってもらうことにした。

いつでも歩いて行ける距離にありながら、久しぶりの中洲の街並みだった。以前いたクラブの店の建物が見えてきた。晩方なのに店は看板の灯りもなく、誰も出入りしてない様子で真っ暗になっている。安子は後ろから柿崎に尋ねた。クラブの経営者は店の土地を売ったらしく、跡地はビルが建つ予定で、クラブの経営者はどこへ行ったかは知らないと柿崎は答えた。クラブの経営者が屋台で話していたことを思い出した。あの腐れ女王様や召使い一号も二号も、どこへ行ったのだろうと安子は思った。

やがて着いた面白いところとは、ストリップ劇場のことだった。柿崎は社会見学だといって、「ストリップショー」と大きく書かれたピンク色の旗の横を通り、さっさとなかに入ろうとする。

「ちょっ、ちょっと待ってください」

柿崎の背広の袖を引っ張り、安子は興味がある反面、躊躇《ちゅうちょ》していた。

「いや、無理って、いくらうちでも入りきらんですよ」

「大丈夫、面白いですから。何事も社会勉強です」

入り口の前でそんなやり取りをしていると、呼び込みをしている男から、「もうすぐショーが始まるが、どうするのか」と言われた。

慌てて入っていく柿崎につられ、安子も勢いで劇場のなかへと入っていった。


なかは薄暗く、小さな映画館のようだ。ところどころ席は空いていたが、ざっと三十人以上の客がいる。安子以外はみんな男ばかり。安子は柿崎と共に、ちょうど真ん中辺りの空いている席に腰を下ろした。

真っ暗だった正面の舞台が、ゆっくりとした洋楽の曲が流れだすと同時に色とりどりの照明がついた。回転している舞台の真ん中に、赤い羽衣の薄い生地を身に纏った踊り子が浮かび上がった。踊り子は気怠そうに、体をくねらせ足を高く上げたりしながら柔らかな踊りをしだした。

なびく羽衣のあいだから踊り子の胸や尻が時折あらわになるが、その体は日頃から鍛え磨き上げているのだろう、体の曲線は美しく艶があり絵画から飛び出して舞っているようで、触れなくとも肌が滑らかだということが分かる。

想像していた、さも卑猥でいやらしいといったような表現とは少しずつ違ってきていることに、安子は気付きだしていた。

口笛や観客のざわめき、ストリップショーは盛り上がりの見せ場をむかえているようだ。踊り子が体をのけ反らせながら、恍惚の表情で手品のように股から一つの白い卵をゆっくりと取り出した。悲しい表情になった踊り子は、卵を右手で持ち上げた。卵は青い照明に照らされ、幻想的にも見える。

いつの間に卵があったのか、生卵か、ゆで卵か、と気になった安子だったが、青く照らされた卵の行方を食い入ってみていた。卵は前列の、頭の形が卵と同じようなおじさんに渡され、このストリップショーは終わった。

その瞬間、みんな座ったまま拍手をしているにもかかわらず、安子は一人だけ、すくっと立ち上がり、思いっきり拍手をしてしまった。

「それは恥ずかしいから、座りなさい」

横で柿崎が人の目を気にしているが、まだ舞台にいる踊り子が安子に気付き、「おいで、おいで」と手招きして呼んでいる。

安子は吸い込まれるように、踊り子のいる舞台へと進んだ。

「初めて、見に来てくれたの？」

舞台の上から、踊り子は微笑み優しく聞いてきた。

「はい、なんか感動しました」

「うれしい、ありがとうね。お嬢さんにも卵あげようか？」

「いえ、それは遠慮しときます」

すまして即答する安子に、周りで様子を見ていた客も柿崎も大笑いしていた。

帰り道、

「やっぱり安子さんは変わっていますね」

そう言ってずっと笑う柿崎に、あのストリップショーの内容は前から知っていたのかと安子は聞いた。

柿崎は、観る者にもよると思うが、ただ単に男を喜ばせるだけのショーではない芸術性のあるものが世界にはいっぱいあり、安子ならどんな風に観るのかが知りたかったと、小難しいことを語りだした。かと思えば、ショーを見ていた安子の顔が面白かったと、また笑いだした。

安子はムキになった。

「人の顔を見て楽しんで、趣味が悪かですよ。ばってん、あの卵って……」

あの卵が生卵かゆで卵か、気になっていたと話すと、柿崎はさらに笑い声を大きくさせていた。

そんなことを思い出にしながら二人は、会う回数が増えていった。

柿崎の、年上らしい「何々しなさい」といった丁寧な命令口調や時々の敬語での会話が、長年連れ添ったかのような夫婦みたいで、どこか心地よく、安子はだんだんと惹かれていったのだった。

柿崎には妻子があったが、相手に家庭があろうとなかろうと、安子にとってはどちらでもよかった。節子もこんな気持ちだったのだろうと、柿崎を好きになった時に知った。そして自分が結婚していた頃を思い出し、もし長く一緒に居れば、また相手に苛つき止まらない口にのせて傷つけるようなことを言うようになるだろう。多くを求めなければ、たまに会うくらいの男はちょうどいいのではないか、とも思うのだった。

しかし、そんな甘い話はない。

安子が求めなくても、別のことを柿崎は求めるようになっていった。

柿崎に会うためにアパートを借り、柿崎を信じて借金を肩代わりし、そして突然、逃げられた。

借金の保証人のみならず、名義そのものが安子になっている借金もあった。

借金の額が大きすぎて、実家にも迷惑をかけた。実家にあった売れるものはすべて売ったが、なおも実家には催促が行った。

実家が被った分の借金は寛次が片付けてくれたと、あとでラクヲから聞かされた。

「父ちゃまがいるかぎり何もできない」

と見栄を切ったくせに、何ができるどころか、多額の借金を背負わせた。

安子も安子で借金を返すために借金をし、ひとつでも多くの仕事をしなければならない状況になっていた。自業自得だ。博多に出てきて、男に舞い上がらないようにと気をつけていたつもりだった。

寂しかったのもあるが、以前、ヒデオが口にしていた「愛」というものが、安子は自分には本当にないのではないか、と不安になっていたこともある。好きになった相手が困っているのだから尽くさなければ、この都合よく心地よい時間がもう少しだけ続くなら、これも「愛」というものではなかろうかと思ってしまった。

柿崎は女と一緒に逃げたのだと、柿崎の知り合いから聞いた。その女が、柿崎の本当の妻かどうかはわからない。どちらにしろ、逃げる相手は安子ではなかったのだ。

その話を聞いた時、安子は怒りに震える思いだったが、その一方で、借金を肩代わりしてまで柿崎と一緒に過ごした日々を思い返していた。

アパートの部屋で戦時中のことを話したとき、たわいもない会話からケンカになった。

「安子たちの世代は子供の頃、勉強がろくにできなかったから知らないことが多く、世界が狭くなり話が合わない時がある。特に安子は人に教わるのも嫌いだし、勉強も嫌いだな」

自覚していることを言われ、安子は腹が立った。

「じゃあ、勉強ができて頭のいい人は、お金にも困らんたいね！」

嫌みを言った安子は、一気に子供の頃のことが頭によぎりだし、言いたいことが過去と現在ごちゃ混ぜになって出てきた。

「あんた、そんなに頭がいいなら、時間戻してくれんやろうか。燃やされたキューピー人形も、持っていかれた父ちゃまの大事な看板も返してくれんやろうか。ついでにお金も早く返してくれんやろうか！」

みるみる怒り顔へと変わった柿崎は、何も言い返そうとはせず、黙ってアパートから出て行った。

安子が仕事から戻ると、部屋のテーブルに手のひらほどのキューピー人形があった。安子のいない間に柿崎が置いたものだった。機嫌でもとっているつもりかと安子は思ったが、連絡がつかなくなり、どうやらそれは、せめてもの詫びと別れを意味する物だったようだ。後から考えれば、特別に高価な物を貢いでもらった覚えもないが、ずいぶんと高くついたキューピー人形だ。キューピー人形の横を向いた目が「あんた馬鹿ね」と笑っているように、この時の安子には見えた。

自分にはもう言い訳は通用しない。安子は借金から逃げるように仕事をした。

なにがあったのか正直に打ち明けると、先生やトモさんは「人一倍働け」と受け止めてくれた。

「あんたも悪かったたい、しょんなかたい（しかたないよ）。働けば何とかなる。良かこつも続かんばってん、悪かこつも続かんよ」

たとえ見せかけの同情だとしても、安子には温かい言葉に聞こえ、励みとなった。

博多もビジネスホテルが増えだした頃で、地方からの客も多くなっていた。得意のいらんことを言う口がこの時ばかりは役立って、客には「漫才しながらマッサージをする」と言われてウケた。中にはいやな客もいたが、たいてい笑って言い返してくれたり、そうでなければ眠っていたり、普通に世間話をしたり……。マッサージが終わると皆、「気持ちいい、スーッとしたよ。気分まで軽くなった」と言ってくれる。

見たこともない借金に振り回されてはいたが、マッサージの仕事を始めた頃に学んでいたことは無駄ではなかったのだと、安子は実感していた。

今、安子は筑後川の岸に立ちながらも、寛次とラクヲに合わせる顔もなく、家には帰れない。

うずくまって水面をじっと見つめながら、幼い頃に言われた言葉をつぶやいた。

「本当に、ろくなもんになっとらんよ」

後ろの散歩道を、誰かが自転車で通りすぎる気配がした。安子は我に返って立ち上がり、来た道を戻ろうと歩き出した。

すると、

「安子ちゃん、安子ちゃん」

呼びながら、近所の主婦らしき女の乗った自転車が、安子のほうに向かって戻ってくる。

「安子ちゃんやないと？　やっぱり安子ちゃんやん！」

ちゃん付けで呼んでいるあたり、どうも同級生らしいが、名前が出てこない。

「うちのこと、わかった？」

おそるおそる、安子は聞いた。

「わかったよ！　帰ってきたと？　うち、すっかりおばしゃんやろ。子どもが手取る（手がかかる）けんね」

自転車の後ろに子供を乗せるカゴがついている。元気が良くて、いい母親そうな「はりきりおばしゃん」といった感じの同級生が、話しながらチラチラと見ている視線の先はわかっていた。

コートのあいだから突き出た、安子のお腹だ。

「こげなとこで何しよると？」

「川に入って魚でも獲ろうかなち、思いよった」

安子の冗談に同級生は笑い、「じゃあね」と言って自転車を漕ぎ出した。同級生の名前は、とうとう思い出せなかった。

「あの人、誰かわからんね、誰やったかいな」

安子は腹をさすり、誰かに内緒話をするかのように言いながら歩き出し、また腹をさすりながら何度も同じことをつぶやく。

「生卵かいな、ゆで卵かいな、いいや、うちの卵たい」

つらくなったら、あのストリップショーのことを思い出して笑ってみるのだ。

失ったものばかりではないと、安子は自分に言い聞かせようとしていた。

第八章　家族

昭和四十四年。妊娠していると気づいた時から、安子は生むことを決めていた。男が逃げようと借金があろうと、と勢い込んでいたものの、いざとなると不安だ。不安もお腹もどんどん大きくなっていき、仕事も強揉みのマッサージはできなくなり、軽揉みの仕事だけに絞っていた。先生も気を遣ってくれて、そのうち電話番や受付の仕事を任されるようになり、ほぼ一日、力仕事はしなくて済むようになった。

賑やかだった博多どんたくの祭りも終わり、いつもの騒がしさに戻った頃のことだった。数日前からお腹の子どもが動かなくなり、もうじき雨が降るのか、どんよりとしたねずみ色をした空の五月の朝、破水した。

アパート近くの診療所で生むことにした。

生まれたら、この子どもを夜間の保育所に預けて働かなければならない。ホステスをしていた頃、安子のように父親のいない子を生み、夜間の保育所に預けて働いている女は多かった。自分もなんとかなるだろうか……そんなことを考えて、じわじわとくる腹の痛みを紛らわしつつも、故郷を思う気持ちは抑えきれなくなり、ついに診療所から実家に電話をかけていた。

ラクヲが電話に出ると、安子は急いで、これから出産することと診療所の場所を伝えた。

その三時間後、安子は女の子を生んだ。自分が生まれた時とは違って小さくはなく、標準の大きさだ。体の割には軽いお産だったと、助産師さんに言われた。生まれた子を見たら、何もかも全てが許されたような感じがして、なんとも言えない気持ちに安子はなっていた。

ラクヲが一人、荷物を抱えて駆けつけ、生まれた子を見るなり、気が緩んだのか床にペタッと座り込んで笑いだした。

「よかったたい、もうここに辿り着くまで、電車ん中で長かったこと。博多に出てきたとは何十年ぶりやけんね」

このことは寛次も知っているのかと、安子は最も気になっていることを聞いた。

「言わなどげんするね、こんなおめでたいこと。さっさと用意したけんね」

そう言いながらラクヲは、素早くたすき掛けをして、荷物の中からおにぎりの入った弁当箱を取り出し安子に差し出すと、白いガーゼ布や浴衣も取り出して、今からおしめや産着を急いで縫うのだと、布にものさしとハサミをあてながら話しだした。

「あんたたちが、おらんごとなってからは、あの家ん中で父ちゃまと、そりゃあ、わざとあんたたちの悪口言いよったたい。うちの娘んじょ（娘たち）はどうしたもんかって。育て方が悪かったって、口にはださん後悔がいっぱいあった。ばってん、父ちゃまも、うちも、時間が経つにつれ、節子がこうやった、安子がこう言いよったって、あんたたちの小さかった頃の話ばっかり。いつん間にか悪口が思い出話になっとうたい。あんたが借金で大ごとになっとうって知った時は、父ちゃまはお金の工面に一生懸命になっとったよ。少しでも返してやっとかんとって。何だかんだ言うても父ちゃまは、あんたの苦労ば心配しとうとよ」

ラクヲの説教に、安子は涙をこぼしながら、おにぎりを一口一口噛みしめていた。

「やっぱり、家のご飯おいしい……」

「そげん、泣いて食べたら、あらら、鼻水まで。塩がよけいにきいておいしかろうたい」

笑うラクヲにちり紙で顔を拭ってもらった安子は、凝り固まっていた不安な気持ちが一気に溶けていくのを感じた。

久しぶりの母娘の会話だった。泣いたり笑い合ったりで、安子は実家に帰ったような感覚になり、ここのところ不安になっていた今後のことをラクヲに打ち明けると同時に、もう少し成長するまで、この子を預かってほしいと自分勝手なことを口にしていた。

ラクヲも同じことを考えていたようで、

「わかっとうよ安子。子育ては投げられんけんね。あんたの乳の出が悪かって、さっき聞いたとこたい。今は粉ミルクがあるけん、便利かねぇ。なんなら母ちゃまもその気になったら出るかもしれん」

「えっ？　母ちゃま、まだ出ると？」

きょとんとして、ラクヲの胸を凝視する安子に、

「冗談たい」

安子とラクヲの、しばらく止みそうにない笑い声が病室に響いた。

そうして、安子と生まれた娘は離れて暮らすようになった。

安子は借金を返すためにも、早く仕事に戻らなければならなかった。

娘を育ててもらっていることもあって、寛次が口を聞いてくれなくても、ちょくちょく実家に帰れるようになった。ラクヲに聞いたところによれば、寛次にとって孫はやはり別格で、溺愛してくれているようだ。気まずかった寛次と安子の親子関係も、まだまだ手のかかる娘を通して次第に距離は縮まっていった。

しかし、日々成長していく娘を目を細めて見守らなければいけない時期に、その娘を置いて博多に戻る時はつらい。たまにしか帰れず、それもわずかな時間しか居ないせいだろう、娘は人見知りするようになると、安子の顔を見たら、隠れたり泣き出したりするようになった。そんな時、安子はわざと娘に顔を寄せ、

「あんたのママやけんね。そげん人見知りしても仕方なかとよ。残念ね。あんまり泣きよったら鬼瓦の型押しにくるたい」

自分が寛次から言われていたことを言って、笑って見せるが、

「鬼瓦が何か、まだわからんたい。そげん間近で、夜泣きが激しくなるけん、やめとって」

横でみているラクヲから逆に叱られる。

やがて娘は、たまに来る安子をママという名の親戚か近所のおばちゃんなのだと認識し、

いつの間にか「ママが帰ってきた」ではなく、「ママが来た」と言うようになった。

その頃、節子もたまに子どもたちを連れて帰ってきていたが、安子が長く居られないせいもあって、姉妹ゆっくりつもる話を、というわけにもいかず、今どこに住んでいるのかを確かめ合うぐらいで、久しぶりの再会を喜ぶ暇もなかった。


安子がそのことを知ったのは、いつものように実家に帰った日だった。

ラクヲはおらず、寛次が娘の面倒を見ていた。

「母ちゃまは？」

「すみしゃんがな……」

深刻な表情で寛次は、すみ子が日田の病院に数日前から入院していることを話しだした。

すみ子は家の二階にある物干し台から下に落ち、打ちどころが悪かったせいで意識不明の状態が続いていた。ラクヲは様子を見にいき、帰ってきては行ったりを繰り返していた。

ヒデオも東京から帰ってきて、つきっきりで看病している、と。

寛次の話を聞いていると、朝早くからすみ子のところへ行っていたラクヲが帰ってきた。

「すみ子おばしゃん、どげん？」

「それが、なかなか目が覚めんたい。頭から包帯グルグル巻かれて、なんでこうなったんやろうか。ついこの間うちが訪ねた時は、元気やったとよ。うちが帰る時、『姉さん、気ぃつけち』って、笑って手ばふりよったとに……」

涙声で話すラクヲに、安子は自分も病院に行こうかと言った。ラクヲはかぶりを振り、人に知らせたところでどうにもならないと、すみ子の夫が表ざたになるのを嫌がっているから、節子や他の親戚にも知らせずにいるのだと答えた。

「ヒデちゃんは？」

「えらい疲れとうけど、なんか、ヒデオはキリスト教ば信仰しよるとって。聖書ば持って一生懸命祈りよる……」

「そうね……」

安子は、小さい頃のヒデオの後ろで笑っていたすみ子の姿を、つい昨日のことのように思い出した。

すみ子の意識が戻って見舞いに行けそうなら連絡する、と言うラクヲの言葉に安子は博多に戻っていったが、それから三日経たずにすみ子が息を引き取ったとラクヲから連絡があった。

葬儀は行わず、内輪だけで済ますということで、ラクヲだけが行くことになった。せめてラクヲが帰宅したときは塩を持って待っていようと、夜まで時間をもらい、安子はまた実家に帰ることにした。


「帰ったよ」

玄関先でラクヲの声がし、安子が急いで塩を持っていくと、喪服姿のラクヲの横にヒデオが立っていた。

東京に戻る前に挨拶だけでもと言ってヒデオは笑顔を見せたが、疲れ切っていることが見てとれる。

ラクヲとヒデオはさっさっと安子がふりかけた塩を払うと家に上り、寛次と娘がいる居間にいった。安子が、どうお悔やみを言おうか、それともいつものような感じにしといた方がいいのか迷っていると、人見知りしている娘に話しかけているヒデオの声がした。

「そっか、安子の子か。安子も大変だったんだね」

そう言って安子の顔を見たヒデオに、

「まあ、うちもいろいろとあったったい」

さも自慢するかのように、安子はわざとあっけらかんと答えた。

またヒデオが説教しだして元気が出てくるかもしれないと思ったのだったが、やはりヒデオは説教する気もないくらい疲れていた。

「安子は、ありすぎたい」

寛次が横からそう言うと、少し空気が和みつつあった。

「すみ子も安子の話になると、よう笑いよったたい」

お茶の用意をしているラクヲからすみ子の思い出を話しだし、いつもアハハと声を立てた、ラクヲとよく似た笑い方のすみ子をみんなで偲んだ。

そして、ヒデオはすみ子の最後を静かに話しだした。

「母ちゃんが、ちょっとだけ意識が戻った時があったよ。少しだけ最後に会話はできたんだ。でも、それからまた眠って、そのまま……」

ヒデオとすみ子が最後に交わした親子の会話はどうだったか、内容は誰も聞こうとはしなかったが、自分もヒデオと同じように、親と別れなければいけない日がいつかはやってくる。寛次とラクヲの体から自分が作り出されてこの世に出てきて、また自分も子を作り、年老いてゆく。早かろうと遅かろうと、命の営みという逃れられない現実を安子は身につまされた。

夕方になり、東京に戻っていくヒデオの寂し気な背中を玄関先で送ったあと、安子は思い出していた。ここで夕日が射すなか、すみ子が化粧水と髪油をつけ間違えて顔をテカテカに光らせて、みんなを笑わせていた頃のことを。

娘は、小学校に上がる時に安子が引き取った。

安子にはまだまだ借金があり、生活は楽とは言えなかったが、娘はすくすくと育ち、減らず口が多く余計なところばかりが安子に似てきた。父親がいないということで、多少のめんどくさいこともあったが、投げ出したくなっても投げ出さず、安子なりの「いい加減」な考え方で育てていた。

昭和五十四年。安子にとって、来なければいいと思っていたその時は近付いていた。病床についていた寛次が、思わしくない状態に陥ったのだった。

寛次はここ数年の間に入退院を繰り返していたが、どうしても家にいたいと言い出し、その望みを叶えるようにラクヲがずっと家で看病をしていた。

実家に帰るたび、安子は寛次の体に触れていた。弱揉みでも力を入れるわけにもいかず、ほとんど撫でたり擦るだけだ。

口に入れる食事も少なくなり、衰弱していく寛次が、

「安子の手が、温《ぬく》して何よりのごちそうたい」

そう言っていたと、ラクヲから聞かされた安子は、実家まで乗せてってくれそうなタクシーの運転手と運賃の交渉をし、深夜でも時間があれば帰るようになっていた。

その日も、深夜になっていた。もう寛次には時間がないと、往診してもらった医者に宣告されたと、ラクヲから連絡があった。

安子は急いでタクシーを見つけ、実家に向かっていた。

……もしかすると、こうやってタクシーに乗っている間に寛次が逝ってしまい、間に合わないかもしれない、間に合っても、もう話せないかもしれない……。

窓から筑後川が見えてきた。真っ暗の川面に、丸い月が歪んで映っている。

こんな時に、寛次がよく話していた祖父の円吉との最後の別れを思い出してしまう。でも、あの話は雨のなかの話だ。安子のなかで、まとまらない思いが交差していた。実家までの距離がもどかしく、いつもより遠く感じるタクシーのなかだった。

玄関の戸を急いで開けると、ラクヲが出てきた。

「いま、落ちついとう、あんたが帰ってくるとを待っとったよ」

ラクヲはそう言ってから、ただ頷くだけだった。

置いたままの自転車と、壁に掛かったベレー帽が目についた。元気だった頃の寛次を思い出させ、どうしようもない不安でいっぱいになりながら安子は、寛次の寝ているところへ行き、布団のなかに右手を滑らせて寛次の足にそっと触れた。

「父ちゃま、安子よ」

「おお……帰ってきたか」

返事をした寛次に安子は少し安堵したが、青白さを通り越し透明になってしまいそうな寛次の顔色に、本当にもう残されている時間が少ないことを悟った。

「どげん？　父ちゃま、効きよる？」

寛次は昔ほど太くない、かすれて細くなった声で、

「ああ、効きよるたい。だいぶ軽うなってきた。ちったぁ上達したたい」

いちだんと狭くなった寛次の背中に手を移すと、安子はよけいに悲しくなり涙がこぼれそうになっていた。寛次に気付かれまいと涙と鼻水を必死にこらえ、天井を見上げていた。

「うちね、借金が減って余裕ができたら、ゆっくり揉みに帰ってくるけん。それまで元気にしとかんと」

「さあな、どげんなることやら。期待せんで待っちょこ」

寛次は弱弱しく笑ってから、ふと真顔になった。

「安子は、もう病気しよらんか」

安子が家を出てからというもの、寛次がずっと心配していたことだった。

「あ……うん。働かないかんけん、病気する暇なかよ」

安子は鼻声になり、心のなかは叫びたい気持ちでいっぱいだった。

……父ちゃま、お願いやけん、もう少し生きていて。まだやかまし言うてよ。くだらんことでケンカしてよ。お願いやけん、もう少し父ちゃまの娘でいたい……。

そう言えないまま、溢れだした涙を止めようと表情をゆがめていた。

「病気せんならよかったたい。体《からだ》んあってんこそぞ」

「うん、わかっとうよ……」

「安子、泣きよったら鬼瓦の型押しにくるぞ」

安子が泣いていることにとっくに気づいていた寛次は、そう言って小さく咳き込みながら、笑った。

臨終には間に合わなかった。ラクヲは疲れすぎた顔で、相変わらずの泣き笑いをしながら、帰ってきた安子に寛次の最後の様子を話した。

寛次は、呼吸が激しくなったり弱くなったりの波を繰り返しながら、途中、微かな声でラクヲ、節子、安子と家族の名前を呼んでいた。最後は呼吸も穏やかになると、眠りにつくように息を引き取った。

「やっぱりあんたのこと、ずっと気がかりやったんやろうね。『安子、帰ってきたね』ち、うわごと言いよったよ」

ラクヲの後ろで、寛次を看取ることができた節子は、幼い子どものように泣きじゃくっている。

まだ温もりが残る、眠っているかのような寛次の遺体に、安子はしがみつきながら、口から出る言葉はなく、ただ涙が出るばかりだった。幼い頃に見た寛次の顔、ケンカして睨みつけてくる顔、くしゃくしゃっと笑う顔、最後の狭くなった背中。いろんな寛次の姿が瞼にちらつき、安子は我が身の情けなさでいっぱいになり、もうその言葉しか知らないように「ごめんなさい」ばかりを繰り返していた。

それからしばらくして、一人になったラクヲは家を手放して博多に出てくることになった。片付けをするラクヲの元に安子も節子も戻って、久しぶりに女三人、手を動かしながらも昔話が尽きない。

寛次は、分けるものもないからと遺書は残さなかったが、昔誰かにもらったのであろうお菓子の缶箱から、古いノートがたくさん出てきた。ノートだけではなく、メモ帳や紙切れや、そのほか数冊入っている。水害の時に水に浸かったものを干して、大事に保管していたようだ。

日に焼けて乾いたノートの表紙に、節子の生まれた「昭和六年」と、安子が生まれた「昭和十年」と書かれたものもそれぞれ見つかった。中を開けば、懐かしい寛次の字で綴られた、日記であった。節子も安子も、自分が生まれた日の日記から読み始め、どちらともなくすすり泣き始めた。

安子の生まれた日記には、

「生マレタ我ガ子、トテモ小サク、名ハ付ケルナト医師ニ言ワレル」

と、書かれており、続いて、

「泣キ声弱イガ、ラクヲの乳、順調ニ飲ム」「安子ト命名」「安子、順調。元気良ク泣キナガラ、オレガ指握ル」「安子、声立テ、笑ウ」

と、日を追って書かれていた。

「生まれた時から、うち、親不孝やったね」

安子がすすり泣きながら言えば、

「うちもたい。ばってん安子ほどじゃなかね」

同じようにすすり泣いていた節子の言葉に、

「何言いようと、節ちゃん。節ちゃんもいろいろあったやろ！」

と、安子はムキになったが、顔を見合わせて二人は笑った。

そのうちまた昔話に花が咲き、実はあの時ああだった、こうだったと若い頃の暴露話も飛び出し、やっぱり笑い話に変わる。

笑い声に反応したかのように、ボーン、ボーンと柱時計が鳴った。

寛次がいつもネジを巻いていたが、それもできなくなるとラクヲがネジを巻くようになっていた。安子も節子も柱時計を感慨深く見つめていると、ラクヲが位牌になった寛次に向かって、

「親孝行したい時に親おらずって、言うちょりますもんね、父ちゃま。うちの娘んじょもこげなふうですたい。楽はできんやろうばってん、うちはもう少しこの世におらしてもら

います。そのうち誰か親孝行しちゃろうけん」

と笑いかけながら、チーンと仏壇の鈴《りん》を鳴らした。


その後ラクヲは、節子のところへ行ったり、安子のところへ来たり、親子ゲンカをすればあっちこっち行って過ごし、三年おきぐらいにわざわざ東京からやって来るヒデオと、九州の教会を巡る旅に一緒に行ったりと好奇心旺盛だった。

長崎のある教会では、祭壇の前でヒデオが祈っていた時、長椅子に腰かけていたはずのラクヲがヒデオの横に来て祭壇に向かい、言葉を発したことがあったようだ。

「神様、私はあなたのことをよく知りません。この甥っ子にノコノコついてきた伯母です。勉強不足でお邪魔してすんまっしぇん。ばってん、いつもこの子があなたに一生懸命祈りよりますけん、どうかこの子の祈りを聞いてやってください。よろしゅうお願いします」

この言葉がラクヲらしくていたく感動したのだと、ヒデオは嬉しそうに安子に土産話をしていた。

昭和が終わって二年経った年にラクヲは亡くなった。亡くなる前、ラクヲはよく、寛次から最後まで「ラクヲ、ラクヲ」と呼ばれていた時のことを振り返っては、またうるさいぐらい呼ばれて迎えに来るだろうから「はい、はい」と返事をするのだと、笑いながら話していた。その死に顔は、今にも起き上がって、子どものように笑い出しそうだった。

そして、ラクヲの三回忌を待たずに節子も、病で呆気なく逝ってしまった。おっとりしたように見えて、自分で決めたらさっさと急いでしまう性分は姉妹よく似ていたが、安子にとっては、変わりゆく時代のなかもう少し、文句や悪口を一緒にしゃべくり合っていたかった。

家族みんなが揃うのは仏壇の前になってしまった年から、安子は時々ふと思うようになった。本当はどこかにまだ、あの幼い頃の家があり、そこに家族が住んでいるのではないかと。

安子は、筑後川の土手に立っていた。どこかの若い父親と幼い子どもが、手を繋いで歩いていく。安子は、シミがぽつぽつと浮き出し、シワが多くなり、指が太くなった自分の手を見つめながら、寛次の背中の感触を思い出していた。

三月の川から吹き渡ってくる風は強く、頬に冷たい。目の前の川は、安子にとって幼い頃の禊越しの会話の記憶どおり、帰りたくても帰れない、恋しくても戻れない、とても大きな川になっていた。


後ろから遠く、娘の声がする。

「なんしよるとー？　帰るよー！」

「はい、はーい」

安子は大きな声で答え、

「さあ、なんのケンカやったか忘れたけど、親子ゲンカの続き、しようかね」

とつぶやき、川に向かって「またね」と言って歩いていった。


川魚は、自分の川を見つけた。

この作品はフィクションです。
初出は2007年10月刊の『筑後女』(文芸社)。
その原稿を加筆・修正し、改題しました。

町野 玉江（まちの・たまえ）
1969年、福岡県生まれ。2011年、ビクターエンターテインメントが公募した黒人演歌歌手・ジェロの新曲歌詞コンテストに応募し、約600人の中から最優秀作品に選ばれる。作詞した「旅の途中」（作曲／宇崎竜童、編曲／中村タイチ）は、ジェロのセカンドアルバム『情熱』に収録されている。福岡市在住

筑後女《ちっこおんな》がゆく
2017年11月11日 第一刷発行

著者 町野 玉江
装丁 大司 麻由美
装画 大野 智湖
発行者 南 英作
発行所 株式会社九州人
〒815-0073 福岡県福岡市南区大池2-16-26
電話 092-511-7004
印刷所 株式会社シナノパブリッシングプレス

ISBN978-4-906586-41-7 C0093